各行各業說中文
ADVANCED BUSINESS CHINESE

TEACHER'S MANUAL
教師手冊

主編策劃　**國立臺灣師範大學國語教學中心**
MANDARIN TRAINING CENTER NATIONAL TAIWAN NORMAL UNIVERSITY

總編輯　張莉萍
編寫教師　何沐容、孫淑儀、黃桂英、劉殿敏

1

目　次
Contents

詞類說明

表 1　詞類架構：八大詞類

八大詞類	Parts of speech	Symbols	例子
名詞	Noun	N	水、五、昨天、學校、他、幾
動詞	Verb	V	吃、告訴、容易、快樂，知道、破
副詞	Adverb	Adv	很、不、常、到處、也、就、難道
連詞	Conjunction	Conj	和、跟，而且、雖然、因為
介詞	Preposition	Prep	從、對、向、跟、在、給
量詞	Measure	M	個、張、杯、次、頓、公尺
助詞	Particle	Ptc	的、得、啊、嗎、完、掉、把、喂
限定詞	Determiner	Det	這、那、某、每、哪

　　本教材使用的詞類架構如表 1 所示，一般教師對八大詞類的概念不陌生，與一般傳統教材詞類概念差異較大的是動詞部分。以下先針對七大類簡要述說，將動詞放到最後說明。

1. 名詞（noun）

　　為了精簡詞類，名詞類包括了一般名詞、數詞、時間詞、地方詞、代名詞。名詞可以出現在句中的主語、賓語、定語位置。時間詞較特殊，也可以出現在狀語位置，如「他明天出國」。

2. 量詞（measure or classifier）

　　除了修飾名詞的量詞外，如「一<u>件</u>衣服、一<u>碗</u>飯」，也包括計量動作的量詞，如「來了一<u>趟</u>」。量詞出現在限定詞及數詞之後。

3. 限定詞（determiner）

限定詞極為有限，如「這、那、哪、每、某」。除了限定指稱的功能，如「這是一本書」，在句法上也有獨特地位，它可以和其他成分組成名詞詞組，出現的位置如右順序「限定詞+數詞+量詞+名詞」，如，「那三本書是他的」。

4. 介詞（preposition）

介詞主要功能是用來引介一個成分，形成介詞詞組，表達句子的時間、地方、工具、方式等語意角色，通常位於狀語位置，也就是主語和動詞之間。有些詞兼具動詞與介詞，此時只能根據他們在句中的功能分別給予詞類。例如，「他在家嗎？」這裡的「在」是動詞；而「他在家裡看電視」這裡的「在」是介詞。

5. 連詞（conjunction）

主要有兩類，一是並列連詞，連接兩個（以上）詞性相同的詞組成分，如「中國跟美國、美麗與哀愁、我或你」；二是句連詞，把分句連成複句形式，如「雖然…，可是…」。而漢語的句連詞常常成對出現，出現在前一分句的，我們稱「前句連詞」，如「雖然」；出現在後一分句的我們稱後句連詞，如「可是」。前句連詞如「不但、因為、雖然、儘管、既然、縱使、如果」可以出現在主語前面或後面的位置；後句連詞則只能出現在主語前面，如「但是、所以、然而、不過、否則」。可以參見下面兩例：

⑴ 她不但寫字寫得漂亮，而且畫畫也畫得好。

⑵ 我因為生病，所以沒辦法來上課。

當兩分句的主語不同時，連詞只能出現在主語前面、不能出現在主語後面。如下面兩例：

⑶ 我們家的人都喜歡看棒球比賽，不但爸爸喜歡看，而且媽媽也喜歡看。

⑷ 因為房子倒了，所以他無家可歸。

6. 副詞（adverb）

副詞主要功能是修飾動詞組或句子，它的存在與否不會影響句子的合法性。大部分副詞出現在句中的位置是主語和動詞之間，表示評價的副詞以及部分表示猜測的副詞則可以出現在句首，如「畢竟他不是小孩了，你不必擔心他」、「也許他知道小王去了哪裡」。除了大家熟悉的表示多義的高頻副詞「才、就、再、還」等等，依據語義，副詞大致可分為下面這些類別：

表示否定：不、沒、未

表示程度：很、真、非常、更、極

表示時間：常常、偶而、一向、忽然、曾經

表示地方：處處、到處、當場、隨地、一路

表示方式：互相、私下、親口、專程、草草

表示評價：居然、果然、難道、畢竟、幸虧

表示猜測：一定、絕對、也許、大概、未必

表示數量、範圍：都、也、只、全、一共

7. 助詞（particle）

助詞是封閉的一類，雖然數量不多，但因為它們在句法結構中的重要性，應該歸類為主要詞類。此外，根據它們在句法中的不同屬性，可以分為下面六小類：

感嘆助詞（Interjections）：喂、咦、哦、唉、哎

時相助詞（Phase particles）：完、好、過$_2$、下去

動助詞（Verb particles）：上、下、起、開、掉、走、住、到、出

時態助詞（Aspectual particles）：了$_1$、著、過$_1$

結構助詞（Structural particles）：的、地、得、把、將、被、遭

句尾助詞（Sentential particles）：啊、嗎、吧、呢、啦、了$_2$

在這六類中，大家比較熟悉的時態助詞出現在動詞之後，表示一個事件的內部時間結構，包含完成體的「了」、經驗體的「過」和持續體的「著」。時相助詞是傳統所謂動補結構中的補語。我們劃分出這一類，主要是這類助詞的實詞義已經消失或虛化，表示的是動作狀態的時間結構，出現在動詞之後、時態助詞之前。

動助詞也是一般所謂的補語。這類助詞的實詞義（如，趨向義）也已經虛化。不同助詞有核心的語義，例如「上、到」是接觸義（contact）；「開、掉、下、走」是分離義（separation）；「起、出」是顯現義（emergence）；「住」是靜止義（immobility）。表達的是客體（theme or patient）與源點、終點的關係（Bolinger, 1971[1]; Teng, 1977[2]）。這裡引鄧守信（2012:240）[3]例子來說明：

(33) a 他把魚尾巴切走了。

     b 他把魚尾巴切掉了。

以下是動助詞「走」和「掉」的特性說明：

走：客體自源點分離且施事陪伴客體

掉：客體自源點分離並自說話者或主語場域中消失

1　Bolinger, D. (1971). *The Phrasal Verb in English*. Cambridge: Harvard University Press.

2　Teng, Shou-hsin.(1977). A grammar of verb-particles in Chinese.*Journal of Chinese Linguistics*, Vol.5, 1-25.

3　鄧守信（2012），漢語語法論文集（中譯本）。北京市：北京語言大學出版社。

在這裡，教師們可以把客體理解為賓語（魚尾巴），源點則是「魚」，就可以清楚看出使用「走」和「掉」之間的差別。

教學時，區分出動助詞這一類，說明它們的特性，可以讓學生透過主要動詞與助詞的搭配，推估出句義，也可以解釋動助詞與動詞之間的選擇關係。動助詞與時態助詞共同出現時，也是位於時態助詞之前，但它們不和時相助詞一起出現。

結構助詞則是包括定語助詞「的」、狀 助詞「地」、補語助詞「得」、處置助詞「把、將」、被動助詞「被、給、遭」等等。

8. 動詞（verb）

動詞主要的句法功能，是做為句子的主要謂詞。為了讓學習者可以透過詞類來掌握動詞的句法行為，在動詞之下，我們區分了動作動詞（Action Verb）、狀態動詞（State Verb）和變化動詞（Process Verb）這三大類，也就是動詞三分的概念（Teng, 1974）[4]。動作動詞有時間性、意志性，狀態動詞沒有時間性，沒有意志性，而變化動詞有時間性，但沒有意志性。

變化動詞對華語教師而言較陌生。變化動詞是指由一個狀態瞬間改變到另一個狀態。我們可以簡單地把動作動詞視為動態；狀態動詞視為靜態；變化動詞則是兼具動態與靜態，如動詞「死」標示了從「活」到「死」的改變。這可以解釋為什麼變化動詞可以像動作動詞一樣，和完成貌「了」一起出現；又像狀態動詞一樣，不能和進行貌「在」一起出現。關於變化動詞和句法之間的關係，可參考表2。

狀態動詞 可涵蓋下面這幾個次類：
認知動詞（cognitive verbs）：知道、愛、喜歡、恨、覺得、希望
能願動詞（modal verbs）：能、會、可以、應該
意願動詞（optative verbs）：想、要、願意、打算
關係動詞（relational verbs）：是、叫、姓、有
形容詞（adjectives）：小、高、紅、漂亮、快樂

形容詞這一小類除了做為謂語外，還有一個主要功能是做修飾語。認知動詞則多是及物性的狀態動詞。表示能力或可能性的能願動詞和表示意願的意願動詞這兩小類，在句法上與其他

---

4 Teng, Shou-hsin. (1974). Verb classification and its pedagogical extensions. *Journal of Chinese Language Teachers Association*, 9 (2), 84-92.

狀態動詞不同的是，它們後面出現的是主要動詞，不是名詞詞組，也不能接時態助詞，我們將之標記為助動詞(Vaux)，以突出它們在句法上的特殊性。助動詞因為在句中的位置與狀語相似，有時容易和副詞混淆，基本上助動詞可以進入「V-not-V」句型（請參見表 2），具有動詞特性，與副詞截然不同。關係動詞這次類前面不能接程度副詞，也就是不能使用「很」等修飾語，與一般狀態動詞的語法表現不一樣。

動作、狀態、變化這三大類動詞的差異，可以清楚地反映在句法結構上，如表 2 所示。舉例來說，動作動詞可以和「不、沒、了 1、在、著、把」搭配，狀態動詞則不能和「沒、了 1、在、把」等 搭配，而變化動詞則可以和「沒、了 1」搭配，不能和「不」搭配。這樣一來，當學習者看到「破」的詞類是 Vp 時，就不會說出「*花瓶不破」這樣的句子，知道「破」的否定要用「沒」。

表 2　動詞三分與句法的關係

	不	沒	很	了₁	在	著	把	請（祈使）	V(一)V	V不V	ABAB	AABB
動作動詞	V	V	X	V	V	V	V	V	V	V	V	X
狀態動詞	V	X	V	X	X	X	X	X	X	V	X	V
變化動詞	X	V	X	V	X	X	X	X	X	X	X	X

（表格內容主要彙整自 Teng（1974）與鄧守信教授課堂講義）

詞類與句法的表現有時不可能百分之百符合，有規則就可能有例外，但是少數的例外不影響這個系統對學習的優勢。教師應該有這個認知。

除了動詞三分外，動詞是否能帶賓語，當然也是個重要的句法特徵，如果知道「見面」是個不及物動詞，自然不會說出「*我見面他」這樣的句子。因此區分及物、不及物也是這個動詞詞類系統的特色。但為了標記的經濟性，我們的詞類標記系統還有個重要概念，即，默認值(default value)。例如，V 這個標記除了指「動詞」，還代表「動作動詞」，而且是「及物性動作動詞」。

簡單地說，我們以這一類中較多數的成員做為默認值。舉例來說，漢語動詞中以動作動詞居多，動作動詞中又以及物性居多，V 所代表的就是及物動作動詞；狀態動詞中以不及物居多，因此 Vs 代表的是不及物狀態動詞；變化動詞以不及物居多，Vp 代表的是不及物變化動詞。所以對於動作動詞中的不及物動詞，就另外以 Vi 做為標記；狀態及物動詞則以 Vst 代表；變化及物動詞以 Vpt 代表。Vaux 的默認值則是狀態動詞，不及物。表 3 是動詞系統的詞

類標記以及標記所代表的意義。

表 3　動詞詞類標記代表的意義

標記	動作	狀態	變化	及物	不及物	可離性	唯定	唯謂	詞例
V	◎			◎					買、做、說
Vi	◎				◎				跑、坐、笑、睡
V-sep	◎				◎	◎			唱歌、上網、打架
Vs		◎			◎				冷、高、漂亮
Vst		◎		◎					關心、喜歡、同意
Vs-attr		◎			◎		◎		野生、公共、新興
Vs-pred		◎			◎			◎	夠、多、少
Vs-sep		◎			◎	◎			放心、幽默、生氣
Vaux	◎				◎				會、可以、應該
Vp			◎		◎				破、壞、死、感冒
Vpt			◎	◎					忘記、變成、丟
Vp-sep			◎		◎	◎			結婚、生病、畢業

　　從表 3 可以看到動詞分類中，除了區分動作、狀態、變化、及物、不及物外，還有三個表示句法特徵的標記：

(1) –attr（唯定特徵）

　　　　這個標記代表只能做為定語的狀態動詞。一般狀態動詞的功能是做為句中的謂語，如「那女孩很美麗」，或是做為修飾名詞的定語，如「她是一個美麗的女孩」。但是像「公共、野生」這樣的狀態動詞，只能出現在定語位置，如「公共場所、野生品種、那是野生的」，不能單獨出現做為謂語，如不能說「*那種象很野生」。

(2) –pred（唯謂特徵）

　　　　這個標記代表只能做為謂語的狀態動詞。相對於前一種類型，這類狀態動詞只具有謂語功能，而不具有定語功能。典型的例子如「夠」，如果學生知道「夠」是 Vs-pred，就不會說出「*我有（不）夠的錢」，而要說「我的錢（不）夠」。

(3) –sep（可離特徵）

　　　　這個標記代表的是漢語中一類特殊的動詞，傳統稱離合詞，這類詞的內部結構為[動詞

性成分+名詞性成分]，在某些情況下顯現可離性，類似動詞與賓語的句法表現。離合詞中間可插入的成分包括時態助詞如①、時段如②、動作的對象如③、表示數量的修飾語，如④。

① 我昨天<u>下</u>了<u>課</u>，就和朋友去看電影。

② 他<u>唱</u>了三小時的<u>歌</u>，很累。

③ 我想<u>見</u>你一<u>面</u>。

④ 這次旅行，他<u>照</u>了一百多張<u>相</u>。

離合詞的基本屬性是不及物動詞，相關的標記有動作動詞 V-sep、狀態動詞 Vs-sep 和變化動詞 Vp-sep。學生認識離合詞這個標記與特性，可以避免說出「*他唱歌三小時」這樣偏誤的句子。當然，在台灣已經有些離合詞，如「幫忙」傾向於及物用法。因為仍不穩定，教材中仍以不及物表現為規範。

從上面這些說明，教師可以發現動詞有五個層次，第一層是最上層的動詞；第二層是動作、狀態、變化；第三層是及物、不及物；第四層是唯定、唯謂; 第五層是離合。教師可以透過這些分類概念，建立學生句法的規則。更可以適時的進一步提醒學生這些類別細緻的句法行為。例如，在表 2 顯示狀態動詞可以和「很」共現 (co-occur)，但是 Vs-attr, Vs-pred 這兩類因為不是典型的狀態動詞，所以是不能和「很」共現。而 Vs-sep 這類詞 VN 分離後，V 可以和「了」共現，例如，「他終於放了心」。及物、不及物的標記也可以做為動詞是否可以與「把、被」共同出現的條件。學生如果認識「上當、中毒」等是不及物離合動詞，就不會因為它們帶有不愉快的語義而說出「被上當」、「被中毒」這樣偏誤的句子了。

LESSON 1 第 1 課 新人的第一天

壹 教學目標

能敘述相關經驗
能用不同的方式提問
能說明及指導工作內容
能清楚地說明原則及規定

貳 教學重點

教師課前準備工作

本課的商務情境是新人上路、交辦任務。交辦任務時用到的重點句式有「詢問」（如語言點 2）和「給予引導」（如語言點 3 和 5）。另可朝職場甘苦談、適應職場生活、大賣場管理及工作等方向尋找素材。

教學步驟（進行方式）

一課上完大約八到十個小時。（視老師的安排和各班的學習情況而定）

|暖身（提問並帶出生詞）|

你去過哪些量販店？量販店的商品品項跟超市有什麼不同？進銷存電腦系統是什麼？人員的常態性工作內容是什麼？重要檔期是指什麼？

課前準備

　　把五題是非題瀏覽一遍，如遇到生詞簡單講解一下即可。播放音檔，請學生不要看課文，僅根據是非題的文字敘述或做筆記來掌握對話的大意。播放結束以後，檢討是非題的答案，當學生不確定對或錯時，請先擱置不需立刻回答，等上完對話後學生可以自己找出答案。

回答問題

　　上完課文後，可請學生回家先準備語言點前的五個問題。上課時請學生輪流回答，若學生回答不出來，先提示關鍵詞語，來引導學生抓住正確的訊息；接下來再進一步要求學生說出完整的句子。

生詞、課文

　　請學生跟著老師一起唸詞語表，以提問或請學生以中文解釋的方式來確定其能了解生詞的意思。若學生無法解釋，再由教師說明講解重點生詞。提問時可設定數個子題，環繞一個主題帶出生詞。教師也可問學生有沒有哪個生詞有意思或用法上的問題，若有，即協助學生理解。請學生輪流唸課文，以提問或請學生以中文解釋的方式來確定其能了解意思。帶領過課文後再核對是非聽力的答案。帶領學生做課本上的語言點練習題。最後再播放一次錄音，並回答課本上的問題。

四字格教學

　　給予學生情境，或可跟生活經驗連結的例子，讓學生使用四字格來回答。或是給予補充用法及例句，讓學生更熟悉四字格。

1. 林林總總
　　問：你在夜市擺一個小攤子，一個月的開銷大概要多少錢？（租金、水電、人事成本、林林總總加起來、一兩萬）
　　參考答案：除了租金、水電費，再加上人事成本，林林總總加起來一個月就要一兩萬。

2. 除此以外
　　問：你覺得一般便利商店或量販店店長的工作有哪些？（請學生就課文內容來回答即可。）
　　參考答案：店長的工作有點貨、進貨、管理店面，除此以外，還要帶領人員。

個案分析

　　以泛讀或以聽力方式，完成個案分析的課前提問。比方說請學生概略說出發生的情況及困境。引導提問，重點在引起興趣。

1. 你對大賣場工作的內容、形式、對人員的要求等印象怎麼樣？（勞力工作、必須吃苦耐勞、壓榨員工？）

2. 你會選擇到大賣場任職嗎？（像大賣場這樣的工作環境有什麼誘因？你會選擇在大賣場開始或發展你的職業生涯嗎？為什麼？）

3. 如果你是店長，你會提供哪些顧客服務？（你覺得現在的大賣場有哪些不便的地方？要怎麼改進？）

補充資料：<台灣家樂福 CEO 的領導哲學：客戶過了這個底線，員工可以拒絕服務！>：
https://goo.gl/Fs33HU

｜課室活動｜

教學建議：請學生很快地瀏覽一遍課本上 A~G 的敘述文字。播放音檔兩次，學生邊聽邊選出合適的選項。在螢幕上或白板上公佈答案。最後再播放一次音檔，全班一起邊聽邊對答案。接下來可直接進入討論部分。

討論第 1 題：藉由錄音中提及的不同經營模式和服務內容，讓學生能夠聯想、跟自己的生活經驗結合，以幫助學生進行口語表達。

討論第 2 題：折扣戰的行銷策略已經不再是主流了，就算主打優惠價格，也未必能提高顧客的黏著度（即顧客買完東西後還繼續停留在賣場的誘因）和回流率（即顧客定時或定期回來消費的比率）。因此，量販店開始採行其他的策略，例如各種貼心服務，舉辦跟節日結合、讓社區居民同樂的活動，擴大賣場的使用效能和多元的空間規劃等。通過這個主題的討論，可讓學生思考如何提升競爭力、找到賣場的定位。

討論第 3 題：近年來大賣場的退貨服務越做越好。不過，由於退貨服務常常被濫用，也有很多人開始懷疑「顧客第一、服務至上」的底線在哪裡？可討論哪一類的商品、什麼樣的情況是不能接受退貨的，或退貨條件應該從嚴的？讓學生提高應對、培養解決難題的能力。

▌ 詞彙補充說明

1. 籌備：大多用在規模較大的活動準備上，至於像小考、晚餐、口頭報告等則不適用。【搭配】籌備賣場、籌備婚禮、籌備會議等。

2. 位於：就是「位在」。【用法】通常主語是樓房等建築物，後接地名或位置。【例】台北小巨蛋是一座位於台北市東區的大型體育館。

3. 類似：【搭配】可當謂語，也可當定語。【例1】我的工作跟店員很類似，都要收銀、點貨和招呼客人。【例2】市場上類似的商品越來越多，競爭更激烈了。

4. 詢問：向相關的人提問來獲得資訊。【例】預購的客人不斷來電詢問到貨時間。【比較】查詢，用網站、電話等方式來獲得資訊。【例】官網上查詢得到各分店的資訊。

5. 步驟：執行動作的順序，常用在食譜、說明書或使用手冊上。【例】組裝家具需要的是耐心，按照說明書上的步驟一步一步來。

6. 流程：組織運作的標準過程，常用在說明工作、計畫、活動的進行上。【例】連鎖商店都會建立一套進貨的標準流程，以提高管理效率。

7. 免不了：【用法】必須放在句子的後半。【例1】過年期間親友團聚常常大吃大喝，免不了會變胖。【例2】大賣場一年到頭都會舉辦打折活動，消費者很容易買下過多的東西，免不了要傷錢包。

8. 拉排面：賣場術語，排面拉整齊指的是面對貨架時，每一排商品的排頭都能對齊、排齊。

9. 平台：一種網站系統，例如「電子商務平台」，進行商品買賣的網站系統。

10. 三節：指的是農曆春節、端午節、中秋節。

11. 小菜一碟：指的是微不足道的事，有「沒什麼大不了」、「不需要大驚小怪」的意思。

重要語言點解說

- 語言點 4：「這樣一來，…恐怕…吧？」在使用上，用來表達說話人的提醒、婉拒等。請參考以下的對話：

  店員：過年有五天的連續假期，我可以休息不排班嗎？

  店長：這樣一來，其他的同事恐怕會抱怨吧？因為我們的人手嚴重不足，實在沒辦法讓你完全不排班。

參 練習解答

課前準備-聽力練習

1. T　　2. F　　3. F　　4. T　　5. T

回答問題：請根據對話，回答下面問題

1. 這家分店的商品分成哪幾個部門？
   答：這家分店的商品，主要分為生鮮、食品、日用百貨、家電用品、紡織品等五個部門。

2. 哪些是上架跟補貨的常態性工作？
   答：每天依據銷售量來更動排面，賣得好的就多進一點貨，位置也比較靠近中間，盡量讓顧客一眼就找到。上架的時候，逐一對照貨品名稱跟標籤上的是不是吻合。每週選出幾款新的主打商品，大量地把貨鋪在特賣區來展示，吸引顧客隨手放進購物車。

3. 到後場去補貨以前，有哪幾個步驟？
   答：先把整面貨架瀏覽一遍，把該補的商品一次記錄下來。接下來可以立刻透過電腦查詢各項商品的庫存量。

4. 進銷存電腦系統可以查詢到哪些資訊？
   答：除了庫存量，還能在裡頭查詢到單日銷售情況、當日的到貨量、員工排班表之類的資訊。

5. 員工排班的原則是什麼？有沒有彈性安排的可能？
   答：原則上台灣分公司的要求是，一星期可以排休兩天，如果遇到重要檔期，公司會另外雇用約聘人員來支援，但是正職員工還是免不了要加班的。假如真的遇到非常緊急的狀況，店長會幫忙協調找人代班的。

📖 語言點練習題（參考答案）

1. 對…熟悉，在…待過…，有…的工作經驗

   人事經理：新的門市需要人手。能否請您說說過去的相關經驗？

   資深店長：<u>我對門市工作很熟悉，在門市待過三年，有三年銷售的工作經驗。</u>

   (1) <u>我當時擔任業務人員，對行銷工作很熟悉，在市場行銷部門待過兩年，有三年的工作經驗。</u>

   (2) <u>有，我對餐飲業很熟悉，在連鎖咖啡店待過一年，有一年在餐廳實習的工作經驗。</u>

   (3) <u>我對設計的工作很熟悉，在出版社待過三年，有兩年外文書設計的工作經驗。</u>

2. 不知道…的時候，有什麼地方是我該注意的？

   同事：常常有客戶因為沒收到貨，或是要找老闆，而打電話過來。

   小方：<u>不知道在接電話的時候，有什麼地方是我該注意的？</u>

   (1) <u>不知道在交接的時候，有什麼地方是我該注意的？</u>

   (2) <u>不知道在清點庫存的時候，有什麼地方是我該注意的？</u>

   (3) <u>不知道在整理成文字檔的時候，有什麼地方是我該注意的？</u>

3. 以上這些都是…的常態性工作

   <u>推銷產品</u>、<u>服務客戶</u>、整理賣場等，以上這些都是門市人員的常態性工作。

   (1) <u>建立檔案</u>、<u>聯絡客戶</u>、協助會議進行等，以上這些都是助理的常態性工作。

   (2) <u>處理公司的稅務和帳務</u>、製作各種財務報表等，以上這些都是會計人員的常態性工作。

   (3) <u>校對</u>、<u>聯絡作者</u>、跟主編溝通等，以上這些都是編輯的常態性工作。

4. 這麼一來，…恐怕…吧？

   經過多次溝通，廠商還是要漲價。<u>這麼一來，我們恐怕會虧損吧？</u>

   (1) 我們同事犯了一個嚴重的錯誤。<u>這麼一來，恐怕會影響公司的信用吧？</u>

   (2) 顧客對新廣告的反應普遍不太好。<u>這麼一來，恐怕得改變行銷方式吧？</u>

   (3) 新的門市人手不夠。<u>這麼一來，我們恐怕要加派人手來支援吧？</u>

5. 流程就是…，再…，最後…

訂購的流程就是<u>先選擇圖案、款式</u>，<u>再付款</u>，最後在交貨時間內，會<u>收到成品</u>，一點也不麻煩。

(1) 真的很方便，訂餐的流程就是先<u>輸入城市、地區和地址</u>，再<u>搜尋美食</u>，最後<u>按下訂餐鍵</u>就可以了。

(2) 第三方支付平台是買方和賣方的中間人，第三方支付的流程就是<u>買家先付款給第三方支付平台</u>，平台再<u>通知賣家已付款</u>，最後賣家<u>出貨給買家</u>，買家通知平台已收到貨，平台付款給賣家就完成了。

(3) 報名的流程就是<u>先加入會員</u>，再<u>線上報名</u>，最後用 <u>ATM 轉帳</u>或到<u>超商付款</u>完成繳費，然後再到網頁下載「行前通知」就可以了。

6. 原則上…，但是…

原則上一年有十天假，但是<u>常常因為太忙而用不完</u>。

(1) 原則上平日可以達到一萬元，但是<u>假日可以到兩倍</u>。
(2) 原則上沒有固定的上下班時間，但是<u>工作時間必須配合客戶的時間</u>。
(3) 原則上<u>先訂二十箱</u>，但是如果市場反應不錯就會追加。
(4) 原則上<u>一天之內就會送到</u>，但是如果超過時間還沒收到包裹，請跟我們聯絡。

📖 個案分析（參考答案）

1. 根據案例 1，現場處理的緊急措施舉例：
   - 當場陪同兒童和家長就醫。
   - 釐清原因，如使用不當或推車老舊。
   - 在合理範圍內與顧客達成和解。

   平常可用以下方式來管理賣場推車：
   - 張貼公告

     例如<賣場規則說明>：
     → 請勿讓小孩坐在一般手推車內。
     → 請勿將小孩單獨留在兒童專用推車上。
     → 請勿讓小孩在賣場裡奔跑、追逐或嬉戲。
   - 使用店內廣播提醒顧客。
   - 請賣場人員隨機提醒顧客。

- 手推車必須張貼警語和操作方式。
- 把手推車列入賣場安檢的項目內。
- 淘汰老舊推車，增加兒童專用推車。

2. 既能解決塞車問題，又能讓業績成長的創新做法舉例：

- 在停車場加派人力，讓顧客快速找到車位，維持停車場的暢通無阻。
- 把結帳隊伍平均分散到各個收銀台，讓結帳更有效率。
- 由賣場人員分配手推車給進入賣場的消費者，離開時也把手推車交給出口處的賣場人員，節省手推車租借的時間。

課室活動

一、請從 A~G 中選擇合適的選項填入空格

1. D　2. G　3. F　4. C　5. A

二、討論

1. 請學生自由發揮。參考答案：我覺得如果賣場夠大，還有美食街、主題餐廳、精品專櫃及商店街等休閒的功能，一定能吸引更多客人，也能提高客人的黏著度（增加客人在賣場停留的時間或意願）。

2. 請學生自由發揮。參考答案：我贊成量販店可提供不一樣的消費理由，搭配打折促銷活動，更能抓住客人的心。

3. 請學生自由發揮。參考答案：我曾經在大賣場買了一支錄音筆。隔天我想要退貨，沒想到電子產品不能退貨只能換貨。從此以後我買電子產品前一定會好好考慮，而且要貨比三家才買。

聽力文本

1. 上星期我們全家去新開幕的「家家福」量販店購物，裡面很大，在選購東西時可以慢慢來，讓人覺得很舒服。商品也比其他量販店便宜一到兩成。至於在服務方面，人員態度特別親切，看起來都受過訓練。

2. 「大家發」這個賣場的規劃跟其他量販店都不一樣。我住在附近，有空就會來這裡。因為這裡有美食街、主題餐廳、精品專櫃及商店街，不只是購物的地方，也很適合休閒時出來走走。除此以外，還有藥局、郵局，太方便了！

3. 說到行銷策略，我認為既然是量販店就要夠便宜！我們店平常有「早安價」，讓早上來的客人可以撿便宜。每天下午店內都會舉辦熱鬧的活動，像滿千送百的摸彩、抽獎、寵物健康檢查服務等，非常受客人歡迎。

4. 我們公司最近主打的行銷策略是推出「文化週」的活動，有「歐洲週」、「亞洲週」等，不但商品有文化特色，還會送贈品，例如：在「歐洲週」購物，滿額就送「義大利精品刀具組」等精美贈品。現在的量販店靠特價品促銷不見得有生意，如果能提供不一樣的購物理由，反而能讓消費者產生好感。

5. 提醒您，我們賣場的數位產品，如電視、相機、行動電話及電腦相關產品，是不接受退貨的，只提供七天內問題商品換貨服務。

📝 學生作業簿

｜一、請將框框中的詞語填入下面的句中，填入代號 a-h 即可｜

1. h　2. a　3. g　4. b　5. d　6. f　7. c　8. e

｜二、請把左欄中的詞語放進右欄中｜

1. e　2. c　3. a　4. b　5. d

｜三、請選擇最合適的詞彙填入句中｜

1. B　2. B　3. C　4. A　5. A　6. B　7. C　8. C　9. C　10. B

｜四、請將以下詞語放在句子裡的正確位置，用「/」表示｜

與其浪費時間抱怨工作困難，不如全力以赴投入工作。

1. 職場上，我們免不了要與上司、下屬互動，學會溝通是很重要的。

2. 店長的工作包括經營賣場、管理庫存，除此以外，帶領全體員工也是店長的責任。

3. 這家運動中心提供許多常態性課程，每個禮拜、每個月都有，喜歡運動的民眾可以多多利用。

4. 由於班機不正常，這家航空公司的櫃台前面擠滿了人，等到班機恢復正常以後，人潮才慢慢消失。

五、利用括弧的提示回答問題

1. 你只要選位於商業區或人潮比較多的店面就行了。

2. 原則上週末是最忙碌的時候，最好不要休假，但是有特殊情況可以彈性安排。

3. 可能是因為你讓她等太久了。別忘了要照先來後到的順序服務客人。

4. 是的，因為量販店的商品種類林林總總，進貨就要花下一定的成本。

5. 不，因為市場不太穩定，所以他明年就會打道回府了。

肆 教學補充資源

104 最強窩客

https://www.104.com.tw/area/freshman/media

這是一個實境節目，讓新鮮人體驗不同的工作經驗。內容跟新人上路、任務交辦相關，可供教師們參考。

LESSON 2

第 2 課
職場衝突

壹 教學目標

能表達不滿的情緒

能捍衛自己的權利，解釋情況

能排解糾紛、安慰他人

能總結討論並說明決定

貳 教學重點

教師課前準備工作

本課的商務情境是職場中的衝突。上課前，教師可朝排解下屬衝突、衝突管理等方向尋找素材。也可先看看以下這些文章或影片。

1. 工作容易相處難，避免與同事發生衝突的 5 種方法 https://www.smartlinkin.com.tw/article/2580

2. 5 步驟化解職場衝突，展現你的領導力！https://www.managertoday.com.tw/glossary/view/195

3. 職場中最常見的六種人際衝突 http://www.businesstoday.com.tw/article-content-80408-153090-職場中最常見的六種人際衝突

4. 和同事在工作中產生矛盾糾紛如何處理 http://jingyan.baidu.com/article/0202781162cf941bcc9ce5ed.html

教學步驟（進行方式）

一課上完大約八至十個小時。（視老師的安排和各班的學習情況而定）

暖身（提問並帶出生詞）

你容易和人發生<u>衝突</u>嗎？（同學、朋友、同事）請說說你的經驗。再問其他同學同樣的<u>衝突</u>發生在自己身上時，是怎麼解決的？或者會怎麼解決？

課前準備

教師先給學生三分鐘的時間看一看課本聽力是非題的題目。播放一次課文聽力，要求學生先聽完一遍，掌握大意。等播放第二遍時再針對內容作答。提醒學生若聽到沒學過的生詞跳過即可，不要糾結在一個地方。給學生五分鐘作答。

回答問題

上完課文後，可請學生回家先準備語言點前的五個問題。上課時請學生輪流回答，若學生回答不出來，先提示關鍵詞語，來引導學生抓住正確的訊息；接下來再進一步要求學生說出完整的句子。

生詞、課文

請學生跟著老師一起唸詞語表，以提問或請學生以中文解釋的方式來確定其能了解生詞的意思。若學生無法解釋，再由教師說明講解重點生詞。提問時可設定數個子題，環繞一個主題帶出生詞。教師也可問學生有沒有哪個生詞有意思或用法上的問題，若有，即協助學生理解。請學生輪流唸課文，以提問或請學生以中文解釋的方式來確定其能了解意思。帶領過課文後再核對是非聽力的答案。帶領學生做課本上的語言點練習題。最後再播放一次錄音，並回答課本上的問題。

四字格教學

給予學生情境，或可跟生活經驗連結的例子，讓學生使用四字格來回答。或是給予補充用法及例句，讓學生更熟悉四字格。

1. 滿腹委屈：在教「滿腹委屈」時，可視學生程度及教學時間補充「滿腹牢騷」、「滿腹怨氣」、「滿腹心事」；也可用在正向的意思，如「滿腹經綸」。

2. 計畫趕不上變化
   師參考提問：你們同意「計畫趕不上變化」嗎？舉例來說…
   參考回答：我同意。例如我安排好和客戶見面，但可能因為交通問題而遲到。

3. 悶悶不樂

師參考提問：你常因什麼事而感到悶悶不樂？

參考回答：如果我的計畫不能順利進行，我就會悶悶不樂。

4. 芝麻綠豆

師參考提問：什麼對你來說是最重要的，相反的，什麼是一點都不重要的？

參考回答：家人對我來說是最重要的，而工作上遇到的困難都算是芝麻綠豆的小事。

5. （在）雞蛋裡挑骨頭

師參考提問：大家對於新進的員工，可能會有的負面態度或行為是什麼？

參考回答：我認為挑剔別人、看別人的缺點，甚至雞蛋裡挑骨頭都是常發生的。

6. 越描越黑：教師可以先在黑板上畫一個簡單圖形，再按著圖形邊緣描一次，跟學生解釋這個動作叫做「描」。接下來重複描幾次，讓圖形顯髒，再跟學生解釋此時已越描越黑。再跟學生解釋這可用來描述一件事情，越解釋就像是一直描線一樣，只會越來越糟。

7. 就事論事：教師可以解釋「就」在這裡是「按照」的意思。

8. 愛理不理

師參考提問：什麼樣的餐廳會讓你不想再去？

參考回答：服務態度差的，例如對客人愛理不理的。

9. 理所當然

師參考提問：你是否把家人對家裡的付出當成理所當然的？例如做飯給你吃⋯

10. 體無完膚

師參考提問：你曾有被批評得體無完膚的經驗嗎？

│個案分析│

以泛讀或以聽力方式，完成個案分析的課前提問。比方說請學生概略說出發生的情況及困境。

教師可引導提問：

1. 什麼情況會讓你想離職呢？

2. 如果你和不認真的同事在同一組工作，你會跟上司反應嗎？

3. 角色互換，如果你是上司，有下屬跟你反應有很混的同事，你該怎麼處理呢？

4. 聽聽看別的同學的回答，你同意他的做法嗎？

｜課室活動｜

　　教師可先進行分組，讓學生們一起討論。雖然是未曾學過的字，但教師可讓學生試著從字面上來猜。學生透過這樣的練習，還可以多學到許多實用的生詞。

詞彙補充說明

1. 衝突：【用法】因與某人意見不同而起爭執。【例】朋友住在一起很容易發生衝突。【使用情境】請學生說說最近發生「衝突」的情況，跟誰？怎麼發生的？最後如何解決？

2. 檢討：【用法】研究失敗的原因。【例】這次期中考考差了沒關係，檢討讀書方法、付出的時間/努力……後，再好好準備期末考。

3. 過時：【用法】過舊、不流行、不適合現在了。【例】那本教材的部分內容已經過時了，所以學校考慮重編課本。

4. 報廢：【用法】將不能繼續使用的物品作廢、丟掉。【例】王先生把學校報廢的桌椅帶回家，做成客廳的一個裝飾。

5. 推卸：【用法】不肯承擔。【例】一些父母把孩子的教養責任推卸給學校的老師。

6. 過剩：【用法】所剩太多。【例】隨著面板廠快速擴張，導致面板產能過剩。另外可補充「過多、過難、過熱」等詞。

7. 買氣：【用法】買東西的人氣。【例】常用來提升「買氣」的方法有打折、買一送一、下次消費的優惠券等。

8. 和事佬：【用法】排解糾紛的人。【例】看在我的面子上，這事就讓我來當和事佬，你們就別再吵了。

9. 左右手：【用法】比喻得力的助手。【例】雖然他是新人，但因為辦事能力強，不到半年就成了經理的左右手了。

重要語言點解說

- 「一旦」：副詞。用法同「萬一」，表示將來發生的話。【例】毒品最好別碰，一旦上癮，要戒就難了。

- 「眼看」：表示一件事馬上就要發生。【例】眼看火車就要開走了，太太卻還沒到車站，真是急死人了。

參 練習解答

課前準備-聽力練習 1

1. T   2. T   3. F   4. T   5. T

回答問題：請根據對話 1，回答下面問題

1. 當珊珊的銷售能力被質疑時，珊珊如何說明她的委屈？
   答：她指出先前接到訂單時，工廠卻趕不出貨來，無法準時交貨，害她們被客戶罵。而現在是製造一堆，賣不完。她認為關於庫存量的控制，嚴格說來，應該是產品部的責任。

2. 小雅認為銷售不好應該怎麼辦？
   答：應該檢討行銷策略。

3. 關於製造數量，已經提供了需求量預測數字了，為什麼還有庫存太多的問題？
   答：因為需求量預測數字沒有一次準的。

4. 主管說「計畫趕不上變化」是什麼意思？他做了什麼調整？
   答：計畫趕不上變化的意思是事情的變化不如預期。現在他寧可少製造一些，尤其是產品生命週期較短的產品，才不會發生商品過剩的狀況。

5. 主管最後決定如何解決庫存的問題？
   答：只好賤價賣出，以打折促銷方式刺激買氣，換取現金。

語言點 1 練習題（參考答案）

1. 應該檢討的是…，若反過來…，這樣是否有點…呢？
   主　管：最近生意真是冷清。我覺得你應該要常笑、多跟客人打招呼，客人才會想再來我們餐廳消費。
   服務生：最近的生意的確越來越差，但我覺得應該檢討的是菜色和好不好吃，若反過來要求我常笑，這樣是否有點奇怪呢？

   (1) 兒子：我這次考試考不好都是因為老師出的題目太難了。
      爸爸：你成績不好，應該檢討的是你的讀書方法，若反過來怪題目太難，這樣是否有點不負責任呢？

(2) 小秋：老闆真是太小氣了，我才遲到 30 分鐘，半天的薪水就沒了。

小林：怎麼能怪老闆呢？你應該檢討的是<u>你自己的時間管理，若反過來怪老闆小氣，這樣是否有點反應過度呢？</u>

(3) 先生：你別亂買東西，這些日用品買最便宜的牌子就好了，我賺得少，再說老闆什麼時候會叫我走路也不知道，你要替家裡省一點。

太太：家裡的錢不夠用，應該檢討的是<u>你錢賺得少，若反過來叫我節省一點，這樣是否有點小氣呢？</u>

2. 一旦…，再…也…

我覺得像農人這種「靠天吃飯」的工作很沒保障，<u>一旦發生天災，再怎麼難過也沒用。</u>

(1) 你咳嗽咳了很多天了，快去看醫生吧！<u>一旦變成肺炎，再厲害的醫生也沒辦法很快地治好。</u>

(2) 這個後門要保持開著，也不能把東西都堆放在這裡，<u>一旦發生火災，再後悔也沒有用。</u>

(3) 你可別賣仿冒品，<u>一旦被警察抓到，再怎麼解釋也沒有用的。</u>

3. 這樣吧！寧可…，才不會…

太太：看了那麼多間房子，就這間的環境最好，租金也在我們的預算之內，可惜離孩子的學校太遠了，怎麼辦呢？（換間學校）

先生：<u>這樣吧！寧可讓孩子換間學校，離家近一點，才不會把太多時間花在交通上。</u>

(1) 小張：真不想再看老闆臉色過日子了，我打算自己開一家咖啡廳，但現在的存款還不太夠，你有什麼好建議嗎？（貸款）

老王：<u>這樣吧！寧可跟銀行貸款開咖啡廳，自己當老闆，才不會每天看老闆臉色過日子。</u>

(2) 阿龍：我最近想換工作，看到這家公司不但離我家近，待遇也很好，真想去試試，不過我擔心自己不會被錄取，你覺得我應該去嗎？（試試看）

明萱：<u>這樣吧！不論錄不錄取，寧可先去試試看，才不會後悔。</u>

(3) 美玉：我今年結婚時請了長假，現在又計畫明年生孩子，有點擔心老闆會不高興。（工作帶回家做）

小潔：<u>這樣吧！寧可累一點把工作帶回家做，才不會到時候連工作也沒了。</u>

🖊 課前準備-聽力練習 2

1.F 2.F 3.T 4.T 5.T

🖊 回答問題：請根據對話 2，回答下面問題

1. 小雅為了什麼事不開心？

　　答：為了開會時發生的事情讓小雅不開心。

2. 小雅認為平常珊珊對她怎麼樣？

　　答：珊珊平常常針對她，看她不順眼。

3. 明萱認為珊珊的個性怎麼樣？

　　答：珊珊說話比較直，容易讓人誤會。

4. 明萱認為誰是主管的左右手？為什麼？

　　答：小雅跟珊珊。一個擅長議價談判；一個擅長產品行銷。

5. 明萱最後怎麼當和事佬？

　　答：建議下班後一起去吃熱炒、唱歌。

🖊 語言點 2 練習題（參考答案）

> 1. …別放（在）心上，沒必要為了…
> 先生：明明是新人學習速度太慢，老闆卻怪我，說是我沒教好，真是一點道理也沒有。（只是老闆一時生氣所說的話）
> 太太：<u>那只是老闆一時生氣所說的話，你別放心上，沒必要為了幾句氣話讓自己悶悶不樂。</u>

　　(1) 華華：姐姐說我太胖了才交不到男朋友，建議我得少吃多動，至少瘦個八公斤，要不然別想結婚。你也這麼覺得嗎？（健康比交男朋友重要）

　　　　文文：<u>你別放在心上，健康比男朋友更重要，沒必要為了瘦一點而影響身體健康。</u>

　　(2) 小張：唉！壓力真大，我這個月才賣出兩輛車，老闆要求至少五輛，我連一半都達不到。（只是一份工作）

　　　　老李：<u>這只是一份工作，業績的問題別太放在心上，沒必要為了這件事讓自己不開心。</u>

2. 撇開⋯不談

　　朋友：你單身那麼久了，你不擔心我倒替你緊張了。難道你都沒有喜歡的人嗎？小陳這個人不錯耶，你覺得他怎麼樣？（外表、經濟能力也不好）

　　小方：撇開小陳的外表不談，他的經濟能力也不太好，跟他在一起，我沒有安全感。

　　⑴ 曉奇：你怎麼了？看起來心情不好，是為了工作上的事心煩嗎？還是⋯（同時和同事、家人吵架）

　　　雅婷：撇開工作的事不談，我不但跟同事發生了不愉快，也跟家人吵了架，整天都開心不起來。

　　⑵ 老闆：真不可思議，這期的業績跟以前比起來差得太多了，能請你解釋一下原因嗎？（不景氣、附近在蓋房子）

　　　店經理：撇開不景氣不談，最近附近在蓋房子，人們都不往這裡過也是原因之一。

3. 不然⋯，⋯如何？

　　亞平：眼看就要遲到了，但是路上塞車塞得那麼嚴重，讓客戶等我們，真不好意思。（改時間）

　　維德：不然先打電話給客戶，請他們改一下會議的時間如何？

　　⑴ 佳佳：這個新機器大家都還不太會使用，怎麼推銷給客人呢？（開說明會）

　　　經理：不然你發個通知給大家，明天我們開個說明會如何？

　　⑵ 祖雄：真是受不了每天看老闆臉色的日子。（創業）

　　　立遠：不然我們跟家人商量一下，一起創業如何？

個案分析（參考答案）

　　你是安東尼，會怎麼處理？

1. 安慰：什麼話語能達到安慰的效果？

　　跟小潔說：「別想太多，你多做的事，大家都看在眼裡，都知道你是個很認真的人。」

2. 說明：客觀地思考員工職場不順的原因，換個不太直接的說法。

　　跟小文說：「我感覺你們這組的工作分配得不是很好。可以把你這組每人的工作內容、所負責的部分列表給我看嗎？」

3. 分析：告訴員工持續心情不穩可能會帶來的後果和影響。

　　跟小潔說：「換個角度想，也別常悶在心裡。不要負面情緒累積久了，不然會變得怨恨

這份工作。」

4. 建議：提供解決問題的方案。

跟力宏說：「別擔心，我找個時間同時約你和小惠過來，面對面地把心裡的話說出來，把事情講開就沒事了。」

5. 鼓勵：給員工積極的鼓勵。

跟員工說：「加油！希望你們每天都能開心地進辦公室，快樂地離開辦公室。這樣工作才快樂呀！」

📝 課室活動

由學生自由發揮。

📝 學生作業簿

│一、請聽錄音，選擇一個最合適的圖片，把圖片代號填入下面的方格裡│

1. B 2. D 3. C 4. A 5. F

│聽力文本│

例：唉！真倒楣，才一進辦公室就被老闆批評得體無完膚；下午也接了不少客戶抱怨的電話。

1. 你們別再吵了，大家都是同事，不要這樣大吵大鬧的，不如讓我來當個和事佬吧！一起去吃個熱炒、唱個歌如何？

2. 工作又多壓力又大，和同事的相處也不太好，真希望能趕快擺脫這種讓我悶悶不樂的工作。

3. 剛剛的事你就別放心上，沒必要為了這種芝麻綠豆小事流淚。

4. 真是的，怎麼常針對我，根本是雞蛋裡挑骨頭，明顯地看我不順眼，想不通到底我什麼時候得罪他了？

5. 產品賣不出去，應該檢討的是你們部門的行銷策略，現在反過來說是我們進貨過多，這樣是否有點推卸責任呢？

| 二、詞彙練習 |

A. 請選擇適當的詞彙組合，每個詞只能使用一次

1. d　2. e　3. b　4. c　5. a

B. 請將相反的詞連起來

1. c　2. e　3. b　4. a　5. d

| 三、請將框框中的詞語填入下面的句中，填入代號 a-i 即可 |

1. b, i　2. e, c　3. h　4. g　5. a, d　6. f

| 四、請試著完成下列各圖的對話 （參考答案） |

1. 我想跟你談談，我感覺你常針對我，是不是我們有什麼誤會？還是我哪裡得罪你了？

2. 你：如果是我粗心，那沒話講，但我只是聽命做事啊！

3. 啊！眼看我的孩子就要下課了，我得去接他。不然我帶回家做，明天一早拿給您如何？

4. 聽說你帶走了我的客戶，撇開我們私下的友情不談，我想就事論事，希望不要再有下次，一旦再發生，我再也不會原諒你。

5. 唉！眼看下班時間就要到了，事情卻還沒做完，如果是我動作慢那我沒話講，但我的工作量比別人多，感覺真委屈。

6. 你們兩個沒必要為了這種芝麻綠豆小事讓心情不好，這樣吧！我來安排一下，下班後一起去吃個熱炒、唱個歌，如何？真有什麼心結、尷尬，可以藉機化解，如何？

7. 你：我的老闆常雞蛋裡挑骨頭。
　　朋友：老闆就是這樣，你別放心上。

肆 教學補充資源

◎ 若課餘時間充裕，下列課後活動可供參考。

★內容補充：

9 種職場 NG 行為！

原文網址：https://www.managertoday.com.tw/columns/view/50712

出自《經理人》

教師可就本篇文章主題與學生討論。

★口語補充：

1. 我受不了了！

2. 我忍不住了！

3. 我超時工作，老闆卻都不給我加班費，真是豈有此理！

4. 莫名其妙！

5. 你今天的火氣很大喔！

6. 我是哪裡得罪你了？

7. 你說話真酸。

LESSON 3　第 3 課　專業經理人

壹　教學目標

能在會議上簡報產品銷售情況
能根據統計圖表分析數據
能確認所接收到的訊息
能表達觀點、提出新方案

貳　教學重點

教師課前準備工作

　　本課的商務情境是提案簡報、開會討論、說服他人，讓學生學習簡報相關詞語、解釋圖表相關句式（如語言點 1、4、5）、表達觀點相關句式（如語言點 2、3）。內容方面可朝網路電商、開發手機購物 app、新創公司等方向蒐集素材。

教學步驟（進行方式）

　　一課上完大約八到十個小時。（視老師的安排和各班的學習情況而定）

暖身（提問並帶出生詞）

　　你用過手機購物 app 嗎？它們的賣點是什麼？目標族群是誰？
　　或可請學生介紹一個好用的 app。

｜課前準備｜

　　把五題是非題瀏覽一遍，如遇到生詞簡單講解一下即可。播放音檔，請學生不要看課文，僅根據是非題的文字敘述或做筆記來抓住對話的大意。播放結束以後，檢討是非題的答案，當學生不確定對或錯時，請先擱置不需立刻回答，等上完對話後學生可以自己找出答案。

｜回答問題｜

　　上完課文後，可請學生回家先準備語言點後的五個問題。上課時請學生輪流回答，若學生回答不出來，先提示關鍵詞語，來引導學生抓住正確的訊息；接下來再進一步要求學生說出完整的句子。

｜生詞、課文｜

　　請學生跟著老師一起唸詞語表，以提問或請學生以中文解釋的方式來確定其能了解生詞的意思。若學生無法解釋，再由教師說明講解重點生詞。提問時可設定數個子題，環繞一個主題帶出生詞。教師也可問學生有沒有哪個生詞有意思或用法上的問題，若有，即協助學生理解。請學生輪流唸課文，以提問或請學生以中文解釋的方式來確定其能了解意思。帶領過課文後再核對是非聽力的答案。帶領學生做課本上的語言點練習題。最後再播放一次錄音，並回答課本上的問題。

｜四字格教學｜

　　給予學生情境，或可跟生活經驗連結的例子，讓學生使用四字格來回答。或是給予補充用法及例句，讓學生更熟悉四字格。

1. 不無道理

　　問：你覺得「顧客永遠是對的」這句話有道理嗎？為什麼？（請學生發表個人意見。）

　　參考回答：這句話不無道理，因為你解決了顧客的問題，等於讓他買到了滿意的服務。

｜個案分析｜

　　以泛讀或以聽力方式，完成個案分析的課前提問。比方說請學生概略說出發生的情況及困境。引導提問，重點在引起興趣。

1. 你願意去新創公司上班嗎？

2. 新創公司跟傳統制度化的公司有何不同？

　　分組活動：請學生使用本課的生詞和語法來練習簡報，解釋圖表，表達觀點。

│**課室活動**│

　　教學建議：請學生很快地瀏覽一遍課本上 A~G 的敘述文字。播放音檔兩次，學生邊聽邊選出合適的選項。在螢幕上或白板上公佈答案。最後再播放一次音檔，全班一起邊聽邊對答案。接下來可直接進入討論部分。

　　討論第 1 題：每個人多多少少都有上台報告或演講的機會，這個主題希望透過經驗分享和交流，讓學生思考做簡報的不同情境。老師可以把大家的意見綜合起來，歸納口頭簡報的流程和小技巧。透過討論，讓學生能掌握簡報的一般性原則。

　　討論第 2 題：成功也好、失敗也好，一次簡報經驗就是一次成長，本討論可培養學生利用中文說明和檢討的能力。

詞彙補充說明

1. 小幅：表示少量或輕微的變化。【例】公司對行銷策略做了<u>小幅</u>調整，以適應市場的變化。

2. 打平：指把虧損補回來，或指盈虧剛好一樣。【例1】該公司今年的獲利<u>打平</u>了過去累積的虧損。【例2】這個月的收入和支出剛好<u>打平</u>。

3. 迎合：有主動去配合、討好市場和目標族群的意思。【例】電視節目往往必須<u>迎合</u>一般大眾的口味才能生存。

4. 體驗：【比較】學生會問到「經驗」跟「體驗」的不同。經驗的用法：「有⋯⋯的經驗」、「累積了很多經驗」等。【例1】他有豐富的大賣場銷售<u>經驗</u>。【例2】那次投資，真的是一次慘痛的<u>經驗</u>。體驗的用法：體驗+VP/NP，強調去嘗試，親自試用、試做等。【例】請部落客<u>體驗</u>新產品並寫文章宣傳，是一種流行的行銷手法。

5. 大餅：指廣大的市場或獲利的可能性。【例】放眼單車市場這塊<u>大餅</u>，搶著要分食的人不知道有多少。

6. 號稱：自我宣稱具有某種特色，有「誇大」的效果。【例】屈臣氏曾經<u>號稱</u>是最便宜的商店，其行銷策略就是買貴了可以退兩倍差價。

7. 下滑：用在說明數字或程度向下變化。【近義】下降、下跌。【搭配】單價<u>下滑</u>、排名<u>下滑</u>、人氣<u>下滑</u>。

8. 調降：調整費用或比率，使其低於現在的標準。【例】電信公司打算<u>調降</u>月租費，用 600 元吃到飽來吸引新用戶。

9. app：中文譯為手機應用程式。

10. 就各自代表的部門：「就」是特殊用法，意思可解釋為「以……的立場」、「站在……的立場」。

11. 以維持我們領導品牌的地位：「以」是特殊用法，意思可解釋為「才能夠……」、「目的是為了……」。

12. 以我對技術團隊的了解：「以」是 preposition（介詞），意思可解釋為「根據」。

13. 新台幣：表示台灣貨幣的名稱，即 TWD -Taiwanese NT Dollar。

重要語言點解說

- 語言點 2：「讓我確認一下，你是說，…」使用上，除了確認收到的訊息以外，也可表達進一步的推論。請參考以下的對話：

  王經理：現在公司的 app 沒有當地特色，很難進入新市場，難怪無法吸引海外使用者。

  李專員：<u>讓我確認一下，你是說，</u>我們應該請當地的程式設計師來開發具有當地特色的 app 嗎？

- 語言點 4：「我們現有的顧客中，高達…」使用上，可用來分析現有客層和市場的狀況，提高說話人的說服力。請參考以下的對話：

  老闆：今年餐廳沒賺什麼錢，是不是客服出了問題？

  經理：由問卷調查看來，<u>我們現有的顧客中，高達</u>七成對服務表示滿意，而且有意願繼續光臨我們餐廳，所以應該不是這方面的問題吧！

- 語言點 5：「從中我們可以預期，…」：從中，「從……當中」的意思，例如從圖表中、從資料中等。用於分析報告，根據數字或事實來做合理的推論。請參考以下的對話：

  總經理：這一季的銷售額怎麼樣？

  行銷部：請看這張折線圖，由於景氣好轉，再加上用了新的銷售手法，這一季的銷售額直線上升，<u>從中我們可以預期</u>，下一季的業績應該會更好。

參 練習解答

課前準備-聽力練習

1. T　2. F　3. F　4. T　5. F

📝 回答問題：請根據對話，回答下面問題

1. 這五年來，採購小秘書的網站銷售量有什麼變化？
   答：在第一年到第三年之間呈現快速成長，平均年成長 20%，到了第四年就維持不變。第五年從第一季到第三季，每季都下跌了 6%，呈現逐漸下跌的趨勢，第四季雖然因為年節採購而小幅上升，但整體而言，至今都沒有打平前三季的虧損。

2. 根據使用者經驗分析，為什麼顧客不再使用該網站？
   答：有 40% 的顧客反應他們沒空看網站教學示範。這意味著一旦找不到想要的商品，他們就不再使用該網站的服務了。

3. 採購小秘書目標族群的消費模式怎麼樣？
   答：他們使用智慧型手機 app 來購買流行手工商品的比率正在直線上升，而且預計三年後將從 35% 上升到 80%。

4. 採購小秘書投入 app 市場，為什麼能吸引更多的使用者？
   答：採購小秘書應該要投入 app 市場。這樣一來，只要利用智慧型手機就能輕鬆下單、付款，符合現代消費者的購物習慣，才能吸引更多的使用者。

5. 根據獲利分析，開發 app 的話，整體銷售額將增加多少？
   答：整體銷售額將增加 35%。

📝 語言點練習題（參考答案）

1. 從…到…，呈現逐漸下跌的趨勢
   受到經濟不景氣的影響，銷售量從一月到六月，呈現逐漸下跌的趨勢。

   (1) 因為報名人數增加的關係，錄取率從前年到今年，呈現逐漸下跌的趨勢。
   (2) 因為線上購物的普遍化，來店人數從七月到十二月，呈現逐漸下跌的趨勢。

2. 讓我確認一下，你是說，…
   讓我確認一下，你是說，公司打算降價嗎？

   (1) 讓我確認一下，你是說，退票還要收手續費嗎？
   (2) 讓我確認一下，你是說，客戶希望修改提案嗎？

3. 我們應該…，貿然…，風險會不會太高？
我們應該<u>先做好客戶調查</u>，貿然<u>取消特價</u>，風險會不會太高？

 (1) 我們應該<u>多請教有經驗的人</u>，貿然<u>開店</u>，風險會不會太高？
 (2) 我們應該<u>多搜尋一點資料</u>，貿然<u>投資股票</u>，風險會不會太高？

4. 我們現有的客戶中，高達…
我們現有的客戶中，高達<u>九成五</u>表示他們還會再來。

 (1) 沒錯。我們現有的客戶中，高達<u>四成有這方面的需求</u>。
 (2) 是的。我們現有的客戶中，高達<u>一半以上是二十到二十九歲的年輕女生</u>。

5. 從中我們可以預期，…
全球智慧型手機今年第一季的銷售量衰退了 20%，且下半年才會推出新款。從中我們可以預期，<u>第二季的銷售量還會持續減少</u>。

 (1) 夏季一向是歐洲旅遊的旺季，加上歐元貶值，從中我們可以預期，<u>到歐洲旅遊的人數還會持續增加</u>。
 (2) 今年受到氣候的影響，荔枝的產量比去年減少三到四成。從中我們可以預期，<u>荔枝的市場價格會上漲百分之十左右</u>。

📋 個案分析（參考答案）

1. 根據這張折線圖，
  從第一季到第二季的網站毛利率上升了 1.2%，但是第三季下跌了 0.9%，第四季又下跌了 0.7%，呈現逐漸下跌的趨勢。該平台過去一年來的獲利情況不佳，因此需要轉型。

2. 根據使用者意見分析，可能的改善方案如下：
  有高達一半的使用者認為月費太高，月費是造成使用者人數下滑的原因，因此應該調降月費。
  有 24% 的使用者認為課程有次數和種類的限制，無法任君選擇，不如開放自由選課。
  有 17% 的人認為網站使用太複雜。應該簡化網站的使用方式。
  有 11% 的人使用者願意接受來自各行各業的專家開課，不一定非專業老師不可。這些不同產業的專家，各有不同的專業技能，課程更多元化。好處是能跟其他教學平台產生明

顯的區別。

3. 該網站轉型後，未來五年預估的使用者人數將呈現上升的趨勢。

　　第二年上升到 139 萬人，第三年上升到 235 萬人，第四年上升到 344 萬人，第五年上升到 417 萬人。

✏ 課室活動

｜一、請從 A~G 中選擇合適的選項填入空格｜

1. E　　2. F　　3. C　　4. A　　5. D

｜二、討論｜

請學生就個人經驗自由發揮。

｜聽力文本｜

1. 在打開電腦以前，最先要做的是收集腦中各種想法。你可以在便條紙上自由寫下任何與主題有關的內容，再把這些便條紙分類和排出順序。然後試著講講看，確認你排的流程順不順。最後一步是把全部的內容整理成三到五個重點，放進你的簡報中。

2. 不管什麼場合，製作投影片都可以有效地協助你進行簡報。好的簡報應該讓觀眾在很短的時間內就能了解投影片的內容。正式的商業場合還會要求紙本資料，觀眾也會依據紙本內容來判斷你準備得如何。準備紙本資料時，千萬別把投影片從頭到尾都印出來，也別在你上台前就發下去，否則觀眾就會忽視你的存在，只看手邊的資料！

3. 經過一次又一次的練習，口才不好的人也能有超水準的表現。練習時最好大聲念出來，並準確計時，最好能找個朋友當聽眾。就算是專業級的講師，也需要幾個小時甚至幾天的練習才能有最佳的表現。

4. 上台後先說一個故事，能吸引觀眾藉著故事來進入你的簡報主題。有的人會透過舉手問答的方式，跟觀眾建立互動。這樣一來，就能減少觀眾因為對你不熟悉而產生的距離感。

5. 在進行簡報的過程中，一定會遇到觀眾發問，這是無法事前練習的。當有人發問時，千萬不要馬上回答，以免打亂你原來設計的流程。另外，有時回答完一題，還可能會帶出下一個問題。這時你更應該慢下來，不如先向觀眾表達感謝，謝謝觀眾熱情地提問，然後把所有的問題整理一下，等到最後再一起回答。這種做法會讓你看起來更專業，也更

有自信。

📓 學生作業簿

│一、請將框框中的詞語填入下面的句中，填入代號 a-j 即可│

1. c　　2. f　　3. a　　4. h　　5. g　　6. j　　7. d, e　　8. i, b

│二、請從 a-e 中選出合適的詞組，放進 1-5 的空格│

1. b　　2. e　　3. d　　4. c　　5. a

│三、請選擇最合適的詞彙填入句中│

1. A　　2. C　　3. B　　4. A　　5. B　　6. C　　7. C　　8. C　　9. B　　10. C

│四、語意理解│

1. a　　2. b　　3. c　　4. b　　5. c

│五、利用括弧的提示完成對話│

1. 大家都差不多啦！各行各業都有辛苦的地方。

2. 跟上一任比起來，他的做事方式和個性截然不同。

3. 你何不多用一些圖表？

4. 根據市場調查結果，這一款購物 app 的占有率目前是最高的。

5. 既然開會的時候都已經有共識了，當然就不成問題。

肆 教學補充資源

📓 創新拿鐵

http://startuplatte.com/

這是一個以新創事業為主題的網站，有不少全球各地的新創事業案例，可供教師們參考。

LESSON 4　第 4 課　說話的藝術

壹　教學目標

能將功勞歸給他人
能得體地回應他人的讚美
能用不同方式稱讚別人
能婉轉拒絕不合理的要求

貳　教學重點

教師課前準備工作

　　本課的商務情境是在職場中的應對、同事間的相處。上課前，教師可朝職場人際關係、厚黑學、與上司相處等方向尋找素材。另也可先看看以下這些文章或影片。

1. 職場生活者必看！職場說話八大技巧！讓你更好與人溝通！http://moneyaaa.com/1455/

2. 職場說話藝術　讓你和同事相處融洽 http://tw.gigacircle.com/3353416-1

3. 楚雲「語言的藝術」演講 https://www.youtube.com/watch?v=8gq0FDVwfvg

4. 做會說話的職場達人 https://www.youtube.com/watch?v=uqFTxi5MJcw

5. 說話的藝術 https://www.youtube.com/watch?v=6m16LDHJeus

6. 與上司說話注意事項 http://www.cheers.com.tw/article/article.action?id=5053547&eturec=1

教學步驟（進行方式）

一課上完大約八至十個小時。（視老師的安排和各班的學習情況而定）

暖身（提問並帶出生詞）

你和什麼樣的人合不來？

在你求學的過程中，班上哪類同學受歡迎？哪類同學比較不受歡迎？

你認為什麼樣的人在公司是受歡迎的？為什麼？

口才好在公司人緣就好嗎？你是個口才好的人嗎？

課前準備

教師先給學生三分鐘的時間看一看課本聽力是非題的題目。播放一次課文聽力，要求學生先聽完一遍，抓出大意。等播放第二遍時再針對內容作答。提醒學生若聽到沒學過的生詞跳過即可，不要糾結在一個地方。給學生五分鐘作答。

回答問題

上完課文後，可請學生回家先準備語言點前的五個問題。上課時請學生輪流回答，若學生回答不出來，先提示關鍵詞語，來引導學生抓住正確的訊息；接下來再進一步要求學生說出完整的句子。

生詞、課文

請學生跟著老師一起唸詞語表，以提問或請學生以中文解釋的方式來確定其能了解生詞的意思。若學生無法解釋，再由教師說明講解重點生詞。提問時可設定數個子題，環繞一個主題帶出生詞。教師也可問學生有沒有哪個生詞有意思或用法上的問題，若有，即協助學生理解。請學生輪流唸課文，以提問或請學生以中文解釋的方式來確定其能了解意思。帶領課文後再核對是非聽力的答案。帶領學生做課本上的語言點練習習題。最後再播放一次錄音，並回答課本上的問題。

四字格教學

給予學生情境，或可跟生活經驗連結的例子，讓學生使用四字格來回答。或是給予補充用法及例句，讓學生更熟悉四字格。

1. 恰到好處

師參考提問：請以「恰到好處」來形容一道菜。

參考回答：這道糖醋魚的醬味道很好，糖與醋的比例放得恰到好處。

2. 包在我身上

　　師參考提問：當人對你說「放心！包在我身上」時，你心裡的感覺如何？

　　參考回答：我會覺得很開心，遇到一個可以相信的人。

3. 人外有人，天外有天

　　師參考提問：什麼情況讓你感覺到「人外有人，天外有天」？

　　參考回答：當我遇到比我屬害的人時。

4. 肺腑之言

　　師參考提問：當你聽到有人對你說出肺腑之言時，你的感覺怎麼樣？

　　參考回答：我會很感動。

5. 託你的福：教師可特別解釋，會有這樣的回答是長久傳統觀念下，人們需表現出不驕傲的態度。

6. 同在一條船上：教師可解釋這是常用在需一起面對困難的情況

7. 燙手山芋：教師可解釋這山芋不是芋頭，而是指番薯。

8. 心安理得

　　師參考提問：如果在結帳時，你發現服務員多算了一杯飲料，你會老實地跟服務員說嗎？

　　參考回答：會的，我做事總是追求心安理得。

｜個案分析｜

　　以泛讀或以聽力方式，完成個案分析的課前提問。比方說請學生概略說出發生的情況及困境。

　　除了課本列出的問題以外，教師也可視上課時間試著引導提問：

1. 你同意王先生的說法嗎？你是否認為大部分的人都跟他一樣呢？

2. 你是否認為錢小姐的做法會引起其他同事不高興呢？

｜課室活動｜

　　教師可將學生進行分組，有的扮演「狀況一」，有的扮演「狀況二」。先給學生時間內部編輯對話，再讓各組站出來表演所編的劇。

詞彙補充說明

1. 裝潢：【近義】教師可找網路圖片顯示出「裝潢」與「裝飾」的不同。「裝潢」是一種工程，而「裝飾」可舉聖誕節、桌上的花瓶之類的例子。

2. 中意：【用法】教師可解釋「中意」為從多種選項中選中一個最滿意的。【例】你所中意的公司條件是什麼？

3. 肯定：【近義】教師可解釋「肯定」對某事的確定程度，比「一定」程度要強，而中國使用「肯定」一詞較臺灣頻繁。

4. 搭配：【用法】相配合。【例】紫色的上衣適合搭配什麼顏色的裙子？

5. 聯想：【搭配】「聯想力」。

6. 規劃：【搭配】教師可問學生如何規劃人生。

重要語言點解說

- 「真是太有遠見了！」用於誇讚人比別人想得更遠、更多、更周到。相反可為「短視」。【例】有些國外父母讓孩子從小就開始學中文，真是太有遠見了！

參　練習解答

課前準備-聽力練習 1

1. F　2. T　3. F　4. T　5. F

回答問題：請根據對話 1，回答下面問題

1. 敏華的報告有哪些優點讓組長那麼滿意？
　　答：該注意的細節都注意到了，尤其是以現成家具取代木工裝潢的部分，節省了很多開銷，能控制在客戶的預算內。

2. 關於大廳的設計，哪裡需要改變？
　　答：辦公室的牆壁，應該可以突破傳統，改用冷色系。可以善用隔熱及通風設計來節能。

3. 什麼時候可以讓水電師傅過去配置水管和電線？

  答：要等政府的施工許可下來後。

4. 維克得負責什麼事情？

  答：去現場監工看進度。

5. 在敏華的報告中，秀秀出了什麼力？

  答：營建材料的選擇跟結構分析。

📖 語言點 1 練習題（參考答案）

1. 若不是⋯，⋯肯定⋯

  發生困難時小文一直陪伴著秀秀，請寫下秀秀對小文的感謝。

  →謝謝你，<u>若不是你一直陪伴著我，我肯定沒辦法面對這些困難。</u>

  ⑴ 請寫下學生對老師教學上的想法。

    <u>真的謝謝您，若不是您對我特別有耐心，我肯定早就放棄了。</u>

  ⑵ 請寫下對長期合作的廠商的感謝。

    <u>感謝您，若不是您長期地支持，本公司肯定不會像今天這樣成功。</u>

  ⑶ 接著上一題，如果你是長期合作的廠商，會怎麼回應？

    <u>哪裡的話，若不是您長期購買我們的產品，我們公司的營運肯定沒現在這麼穩定。</u>

2. 大致上沒什麼問題，只是⋯

  阿福：我想換一家網路公司，你那家怎麼樣？（速度）

  小強：我是用北北網路公司的，這家我用了兩年了，<u>大致上沒什麼問題，只是速度沒那麼快，連線玩遊戲時，有時候會停住。</u>

  ⑴ 張全：聽說你昨天請假去醫院拿報告了，醫生怎麼說？（營養不良）

    王凡：<u>醫生說大致上沒什麼問題，只是我有點營養不良，需要多吃些水果。</u>

  ⑵ 經理：今天來面談的那家廠商，你覺得怎麼樣？我們應該跟這家合作嗎？（利潤不高）

    正遠：<u>那家廠商產品大致上沒什麼問題，只是他們的單價不低，這樣一來我們的利潤就不高。</u>

3. 連…都…，怪不得…

小陳除了很幽默，大家都喜歡跟他說話以外，他的辦事能力很強，　成功地替公司簽了很多合約，所以他來公司才不到半年就升遷了。

→　小陳除了很幽默，大家都喜歡跟他說話以外，他連辦事能力都很強，成功地替公司簽了很多合約，怪不得他來公司才不到半年就升遷了。

⑴ 她會說中文、英文、德文、法文、日文等五種語言，所以老闆常帶她參加會議。

　　→　她除了會說中文和英文以外，連德文、法文、日文都會說，怪不得老闆常帶她參加會議。

⑵ 那個國家的冬天，最低溫度是 20 度，所以雪衣銷路不好。

　　→　那個國家的冬天也不冷，連最低溫度都有 20 度，怪不得雪衣銷路不好。

4. …過獎了，我沒那麼…

文修：你的房子布置得真漂亮，你可以換工作去當設計師了。

進國：是你過獎了，我沒那麼會布置，都是太太的功勞。

⑴ 雅麗：哇！連這麼麻煩的客戶都簽下長期合約了，真厲害！有你在，公司的業績一定沒問題。

　　力忠：你真是過獎了，我沒那麼厲害，只是運氣好而已。

⑵ 百和：你很聰明，工作能力也很強，難怪年紀輕輕就存錢買了兩棟房子了。

　　可欣：你過獎了，我沒那麼好，只是剛好遇到房價低才買到的。

5. 託你的福，我只是…

方山：你這個月的業績真不錯呀！

語潔：託你的福，我只是這個月的運氣比較好而已。

⑴ 東泰：你真的太厲害了，通過這麼難的考試，拿到了證書。

　　成忠：託你的福，我只是剛好猜對幾題而已。

⑵ 客人：你們的菜太好吃了，一定有很多家雜誌來報導吧？應該很快就可以成為米其林（Michelin）餐廳了。

　　店長：託您的福，我們剛創業，只是認真地做而已。

🖍 課前準備-聽力練習 2

1. T　2. F　3. F　4. T　5. F

🖍 回答問題：請根據對話 2，回答下面問題

1. 組長找敏華主要是為了什麼事？
　　答：因為剛接到一個案子，需要敏華加班完成。

2. 敏華如何回應組長的要求？
　　答：敏華說她待會兒約了人了，恐怕不能加班。

3. 組長怎麼說服怡君答應？
　　答：組長說這個報告很急，需要怡君幫忙，並誇獎怡君能力強。

4. 怡君怎麼拒絕組長的要求？
　　答：怡君說手上還有老闆交代的工作。

5. 事情最後怎麼解決？
　　答：最後怡君把工作帶回家做。

🖍 個案分析（參考答案）

　由學生自由發揮。

1. 你認為以上哪一個是最佳做法？請說說你的看法。
　　我認為林小姐的做法是最好的。不但不會讓主管感覺差，也不需勉強、委屈自己多留在辦公室。

2. 你認為以上哪一個會令主管印象較深刻？為什麼？
　　我認為錢小姐會令主管印象較深刻。畢竟一個新人能在短時間發現到公司的情況，也快速地融入大家，很不容易。

📝 課室活動（參考答案）

★角色扮演

狀況 1. 拒絕不想去的邀約

A：下班後跟我們一起去唱歌吧！

B：啊！我<u>手頭</u>上還有許多老闆<u>交代</u>的事沒做完，看來今天得加班了。<u>若不是</u>這些工作特別<u>急</u>，我<u>肯定</u>跟你們去唱歌。

狀況 2. 拒絕朋友借錢

A：我想在市中心開一間餐廳，但資金不夠，能跟你借一些嗎？

B：你這家店的地點很好，肯定會賺錢，再加上你是我的好友，借錢給你<u>大致上沒什麼問題，只是</u>我<u>手頭</u>上的現金也不多，可能幫不上忙，抱歉啦！

★腦力激盪

由學生自由發揮。

📝 學生作業簿

一、請聽錄音。對的寫 T；錯的寫 F。

1. F　2. F　3. T　4. T　5. F

聽力文本

1. A：你才剛進公司兩個月，卻總是能準時完成組長交代的事情，真厲害！
   B：若不是同事時時刻刻指點我哪裡做得不好，我哪能完成得了！
   問：這位小姐覺得，如果不是同事一直在旁提醒，肯定可以更早完成。

2. A：我們把工作室牆壁的顏色漆成藍色吧！藍色是個令人平靜的顏色，能幫助我們專心呢！
   B：你真是太有遠見了！
   問：這位小姐的意思是老闆想太多了。

3. A：公司明文規定是 6 點下班，為什麼你總是 6：30 才走呢？
   B：因為其他同事還在加班，我都會假裝繼續忙碌一下，對他們比較不會不好意思。
   問：如果其他同事還在加班，這位小姐不太好意思太準時下班。

4. A：託你的福，老闆今天又誇我們了，還好能跟你同組，我真是幸運。

　　B：哪裡！你本來就很有實力，我只是出出嘴巴而已。

　　問：這位小姐認為自己沒有出多少力，只是說說話給意見而已。

5. A：最近競爭很激烈，我們一定要加油啊！

　　B：就是，我們同在一條船上，不能輸給別人呀！

　　問：他們擔心他們坐的船的速度太慢，贏不了別人。

二、先在空格裡寫出漢字，再把寫出來的詞填入下面句子裡

冷色系　　　　通風　　　　　包　　　　　怪不得

搭配　　　　　領悟力　　　　開銷　　　　幽默

隔熱　　　　　令　　　　　　肯定

1. 放心吧！這件事就 包 在我身上，我 肯定 不會 令 你失望的。

2. 這件衣服適合 搭配 像藍色這樣 冷色系 的鞋子。

3. 我每個月的 開銷 中，有百分之五十是房租。

4. 大家都說他是個很 幽默 的人，可惜我的 領悟力 太差，常聽不懂他話中的意思。

5. 原來這件衣服是去年你生日時我送的， 怪不得 好像在哪裡看過。

6. 如果想在夏天節省電費，就得注意房子是不是 通風 ，才不會太悶，也可以在窗戶上裝 隔熱 的紙，不要讓陽光直接照進屋內。

三、詞語搭配及完成句子

詞語搭配：

1. c. 現成家具

2. f. 節省開銷

3. a. 控制預算

4. e. 突破傳統

5. b. 配置水管

6. d. 同業競爭

完成句子：

1. 王先生雖然已經 35 歲了，不過為了 <u>節省開銷</u> ，還是跟父母住在一起，那就不用付房租了。

2. 這個客戶只願意付五萬元在裝潢上，因此無論是材料或人力，都得注意要 <u>控制預算</u> ，不要超過了。

3. 我們新產品的規格設計應該要 <u>突破傳統</u> ，否則跟不上時代。

4. 這間新買的房子裡什麼都沒有，不但要自己買桌椅，甚至得找工人來 <u>配置水管</u> ，所以要兩個月後才能搬進去。

5. 那條街上有許多家電腦店，因為 <u>同業競爭</u> 的關係，價格很便宜，你想買電腦的話，就應該去那裡逛逛。

四、請將以下詞語放在句子裡的正確位置，用「/」表示

我非常中意這份設計，一來節省了很多<u>開銷</u>，二來控制在客戶的預算內，寫得真不錯。

1. 這個大廳的設計<u>大致上</u>沒什麼問題，只是接待室的牆壁，換個顏色比較好。

2. 我每天上下班<u>作息</u>時間一樣，九點上班，中午休息一個小時，六點下班。

3. 最近<u>同業</u>競爭很激烈，我們同在一條船上，不能輸給別人呀！

4. 可是我目前手頭上還有老闆<u>交代</u>的工作，恐怕也沒辦法接另外的工作。

五、請將 a-e 五句話放入文章空格中

⑴ b　⑵ d　⑶ a　⑷ e　⑸ c

肆 教學補充資源

★請解釋下面的話是什麼意思？

1. 聽君一席話，勝讀十年書。

聽了你的話後，覺得得到很多，比自己看十年的書還有用。「君」指「你」，用於誇讚。

2. 如果你是第二名，那沒人排第一了。

指對方是第一名、最強的。

★你認為，讚美的技巧在哪？如何說出大家愛聽的話？
_____
_____

★蓋章 Validation（2007）

請上網搜尋「蓋章 Validation」這影片，或輸入以下網址：
https://www.youtube.com/watch?v=W_qCZdxmuyY

地區：美國
導演：Kurt Kuenne
主演：T.J. Thyne
片長：四分鐘

簡介：

有個愁眉苦臉的男人前去停車站收票亭蓋章，沒想到收票員開始讚美他，說：「你是最棒的，總有一天人們都會知道你有多麼的棒」最後男人開心地離開。這個收票員在幫每個人蓋章時，都會給予讚美與鼓勵。最後一大票人們前來只為了聽他說話，櫃檯大排長龍，甚至影響了交通，驚動了警察去阻止，最後，警察也愛上了跟他說話⋯⋯

本片原只有 16 分鐘，卻得到十多個電影節短片獎項。

請上網觀看前 4 分鐘，分析主角讚美的神祕力量。

分析與討論：

1. 看完影片後，你的表情是什麼？微笑？

2. 請任選影片中被讚美的三個人物，寫下他們如何被讚美。

3. 其中哪句讚美詞最深得你心？

4. 你認為影片中哪些地方值得學習？

LESSON 5　第 5 課　舊瓶裝新酒

壹 教學目標

能討論品牌年輕化的策略
能說明活化產品的方式
能說明多元行銷策略可能產生的迷思
能以案例來說服別人認同自己的觀點

貳 教學重點

📔 教師課前準備工作

　　本課的商務情境是老品牌如何與時代及現代科技結合回春，此類商品過去雖然有不錯的口碑跟業績，但是在消費者心中已經定型，漸漸走入商品生命週期的衰退期，如何扭轉刻板印象，再開創新的商品生命週期是討論的重心。

1. 準備下列相關資料（可用 PPT 或實際影片剪輯段落展示）
   主題相關連結，連結網路上一些微電影廣告或產品網路直播廣告，例如：小時光麵館微電影、名牌直播走秀等（相關連結請參考肆、教學補充資源）。

2. 準備連結影片相關背景及提問。

3. 請學生準備一支活化舊品牌的廣告，為課後討論做準備。

教學步驟（進行方式）

一課上完大約八到十個小時。（視老師的安排和各班的學習情況而定）

暖身（提問並帶出生詞）

1. 引起興趣：誰沒有喝過可樂？你可以說出幾種可樂品牌？最近喝過可口可樂嗎？注意到包裝有什麼變化嗎？（展示可口可樂的新包裝，可參考肆、教學補充資源）

2. 除了改變包裝，還有哪些行銷方式或者怎麼結合科技以改變產品舊形象？

3. 詢問學生有哪些印象最深的廣告？有哪些新的行銷方式？他們用了哪些網路科技？
   a. 播放影片鏈結：網路上一些微電影廣告或產品網路直播廣告。
      例如：運動用品、小時光麵館微電影
   b. 提醒學生觀看<u>代言主角</u>的形象特質為何？屬<u>陽光型、玉女型、偶像型</u>？或是哪一類型？
   c. 提問：為何一包泡麵讓小時光麵館這部<u>微電影</u>點閱數達到將近 300 萬？有什麼吸引人的特點？他們賣的是新產品還是<u>老字號</u>、老產品？他們運用了哪些新的<u>元素</u>來包裝老產品？

4. 聽過網紅嗎？你點進去看過嗎？這些人利用網路<u>直播</u>能創造出不錯的業績嗎？你可以說說某個直播或網紅吸引人的地方嗎？你曾經對哪些廣告印象很深？有哪些新的行銷方式<u>獲得</u>你的<u>青睞</u>？他們用了哪些網路科技？他們怎麼<u>顛覆</u>了過去的形象？
   a. 播放網路直播購物廣告。
   b. 提問該支廣告或<u>直播</u>如何善用網路平台，<u>拉近</u>與年輕人或一般收入消費者的距離？

課前準備

1. 可當學生的回家作業，學生在家先預習並作答。把五題是非題瀏覽一遍，如遇到生詞簡單講解一下即可，然後核對答案。

2. 亦可課中播放音檔，請學生不要看課文，僅根據是非題的文字敘述或做筆記來抓住對話的大意。播放結束以後，檢討是非題的答案，當學生不確定對或錯時，請先擱置不需立刻回答，等上完對話後學生可以自己找出答案。

3. 請學生找一個老產品但有新包裝的廣告。

回答問題

1. 利用對話後的五個問題來進行較詳細的聽力練習。若學生回答不出來，先提示關鍵詞語，來引導學生掌握正確的訊息；接下來可再進一步要求（程度較好的）學生說出完整的句子。

2. 本課人物范姜文的姓名設計，是希望老師順便介紹中國的複姓，如歐陽、張簡、上官、令狐…等，以免學生在交際場合中誤稱，二來也方便學生在閱讀武俠小說時的理解。

生詞、課文

請學生跟著老師一起唸詞語表，以提問或請學生以中文解釋的方式來確定其能了解生詞的意思。若學生無法解釋，再由教師說明講解重點生詞。提問時可設定數個子題，環繞一個主題帶出生詞。教師也可問學生有沒有哪個生詞有意思或用法上的問題，若有，即協助學生理解。請學生輪流唸課文，以提問或請學生以中文解釋的方式來確定其能了解意思。帶領過課文後再核對是非聽力的答案。帶領學生做課本上的語言點練習題。最後再播放一次錄音，並回答課本上的問題。

四字格教學

給予學生情境，或可跟生活經驗連結的例子，讓學生使用四字格來回答。或是給予補充用法及例句，讓學生更熟悉四字格。

1. 一魚兩吃：【補充用法】一樣事物，可以獲得雙重利益，可用於正面或負面。跟台灣俗語「摸蛤兼洗褲」近似。【例】「合辦展示會」這個點子不錯，既給了他們面子，我們又省了請客的費用，真是一魚兩吃。

個案分析

以泛讀或以聽力方式，完成個案分析的課前提問。比方說請學生概略說出發生的情況及困境。引導提問，重點在帶出(1)如何自我包裝(2)如何互相分享及互補資源之不足。

1. 畢業即失業這句話是什麼意思？你遇過這樣的困境嗎？

2. 怎麼讓自己能跟職場無縫接軌？

3. 你還記得自己第一次踏入職場求職的情形嗎？後來你是怎麼獲得工作機會的？你如何展示、包裝自我？

4. 你是一個教育端主管，怎麼運用既有資源重新包裝來爭取產學合作機會？如何減少學生進入職場的挫折感？

5.如果你是產業端，你願意進行產學合作嗎？什麼情況下你會有產學合作的動力和熱情？

｜課室活動｜

　　活動一：請學生準備一支活化舊品牌的廣告，分析為什麼成功？或為什麼沒有在市場上達到預期效果？在課堂上向同學報告。

　　註：可推薦 2010 年第一部微電影《一觸即發》，以 007 的手法，行銷名車凱迪拉克的廣告給學生。

　　活動二：請學生選擇一個老品牌，拍一部微電影，為該產品重新包裝，課堂上介紹給大家。

📖 詞彙補充說明

1. 創造：【用法】動詞，後面接的賓語是多是抽象的事物，如：創造（輝煌的）歷史、（銷售）紀錄、奇蹟等。和近義詞「創作」的區別：創作可以是動詞，後面接的賓語多是藝術作品、戲劇、小說、繪畫等。也可以做名詞，例如，這是他的創作。【例】這個月在全體銷售同仁的努力下，創造了比上個月高百分之十五的輝煌業績。【例】為了有別於市場上其他同類的產品，他開始自己創作圖案和造型。

2. 微電影：【用法】由英語 Micro Movie 翻譯而來。主要是指片長短，但製作手法與電影類似的行銷作品。2010 年第一部微電影《一觸即發》，是以 007 的方式與情節表現，但實際上是行銷名車凱迪拉克的廣告。若教學時間足夠，建議可在課堂上播放、討論。

3. 流行語：【用法】流行語，又稱潮流用語（簡稱潮語），是指順應時代潮流，熱門的民眾使用語。很多潮流用語來自某年輕人自創或之間使用的俚語或網上用語。比方說：小鮮肉、白富美、超正 der、超有才等。

4. 高富帥：是指男性身材高大、又有錢、又帥。取開頭的第一個字。「高富帥」的英文是 Tall Rich Shine（TRS），這個網絡詞語源自韓版《花樣男子》裡一位外形英俊、被稱為「高富帥」的成員，與「花美男」意思相近。如果是女性有這些相對應的條件，則稱「白富美」。看得出來嗎？意思當然是指女孩子皮膚白皙、有錢又美麗啦！某家知名可樂公司，在一些瓶子上標註這類文字，以引起某些消費族群的興趣。【例1】高富帥的男性固然容易得到女性的青睞，但是人品和愛不愛你，才是婚姻成功的要件。【例2】那位高富帥的明星，含著金湯匙出生，演電影只是他的興趣罷了！

5. 文藝青年：文藝青年，又稱文學青年，簡稱文青，原指喜愛文學藝術的青年，21 世紀後用法發生變化，主要指拒絕跟隨主流社會價值，標榜自己與眾不同的志向與品味的青年。【例1】這位候選人常用文青式的語言跟選民溝通，剛開始還滿吸引人，但用多了，

人民覺得有些不切實際。【例2】<u>文藝青年</u>應該是一種內化的性格或行為，而不是扮出來的。 最近網路上瘋傳假文青最愛做的行為，包括：喜歡戴黑框眼鏡、說話文謅謅什麼的。

6. 顧及：考慮到、想到的意思。【例1】老李為了<u>顧及</u>自己和家人的健康而戒菸。【例2】小王說話太直，常不<u>顧及</u>別人的感受。

7. 奢華：【用法】「奢華」和近義詞「奢侈」的差異在「奢侈」是鋪張浪費的意思，奢華有時候形容華麗，意思上有些相近，但是程度有些差異。奢侈是貶義詞，奢華有時則強調貴重華麗的部分。【例】1.那顆鑽戒的設計非常具有<u>奢華</u>感。2.許多靠爸族自己沒有工作，卻過著<u>奢侈</u>浪費的生活，真讓人痛心。

8. 多角化經營：多角化，即多方面、多元，在競爭激烈的企業體系當中，多角化的經營方式，已經成為企業作為擴張經營範圍與規模的方式之一。多樣化的產品可以分散風險，因為不會每一項產品都賺錢，也不可能每一項產品都虧錢，經營起來比較安全。多角化有許多模式，其中「垂直多角化」是指上下游廠商的整合關係。例如：製造商、整合零售商；像統一食品企業經營 7-11 便利商店，就是成功的案例。另一「複合多角化」模式即「非相關多角化」，公司增加與現有技術、產品和市場毫無關連的新產品，來吸引新的顧客群。例如，食品業跨足電子產業，此模式固然可快速擴張，但在各種模式中風險也最高。

9. 本業：即「正業」。以裕隆集團為例，汽車工業為其本業，其他投資事業、營建事業就非本業了，而是進入多角化經營。知名的樂高，智慧型玩具是他的本業，服裝、遊樂園就非其本業了。【例1】這個集團旗下四家主力公司，除了<u>本業</u>獲利外，轉投資的事業也很成功，提高了集團整體獲利。【例2】因為多角化經營，對新的觀光事業領域不熟悉，耗費了這家企業很多資金和人力，後來只好回歸到玩具製造<u>本業</u>。

10. 本行：①個人一貫從事的或長期已經熟悉業務的行業：他原來是搞行銷的，還是讓他幹老<u>本行</u>吧！②現在從事的工作：三句話不離<u>本行</u>。

📖 重要語言點解說

· 語言點 2-⑴ 例句補充說明

一例一休：一例一休是指蔡英文政府在 2016 年所推動的勞工工作日數改革政策，希望使所有勞工每週可以有一天的例假（此例假可由勞資約定而更動，不一定為週六、日）、及一天的休息日，前者為強制休假、後者則保留彈性加班的空間，以確保勞工有足夠的休息時間。不過引來勞資雙方很大爭議。

- **補充語言點 1. 脫離…原本標榜的…**

指脫離了原本強調的精神、特質或最初的理念。例如：脫離產品原本標榜的特色。

補充對話 1

行銷：我這次設計的文案怎麼樣？給點意見吧！

同事：你的圖案部分美觀是美觀，不過太奢華了，脫離了我們公司原本標榜的精神。我
擔心老闆可能不會採用。

補充對話 2

消費者甲：我覺得這個東西味道好像變了，跟我們小時候的味道不太一樣。

消費者乙：我也覺得不像了，好像脫離了原本標榜的媽媽的味道。好失望！

- **補充語言點 2. …是有必要性的，因為可以拉近…之間的距離**

用來強調做這件事的重要性和必須性。例如：網路行銷是有必要性的，因為可以拉近與
消費者之間的距離。

補充對話 1

行銷主管：這個廣告需要弄得這麼可愛嗎？

企劃部門：您說的應該是最前面的這一部分吧，但是強調親子互動是有必要性的，因為
可以拉近新手父母跟產品之間的距離。

補充對話 2

行銷主管：一定要用網路行銷嗎？

行銷專員：用網路是有必要性的。根據調查，現在網路人口佔了消費人口四分之三，使
用網路可以拉近這個族群跟產品之間的距離，讓他們對我們的產品產生親切
感。

- **補充語言點 3. 本來…是…的，但是運用了…，讓 sb. 從 sth. 就可以看到…**

此處「是…的」，是強調的功能。後面則是說明運用了某些特別的方法而有了重大的改
變。

例如：本來它的品牌形象是奢華的，但是運用了網路，讓一般消費者從手機就可以看到
直播，更自在地進行購買行為。

補充例句：本來這種產品的形象是偏向老年化的，但是運用了科技的元素包裝，讓年輕
人從網路隨時就可以看到產品，自然爭取到了新客源。

參 練習解答

課前準備-聽力練習

1.T　2.F　3.T　4.T　5.F

回答問題：請根據對話，回答下面問題

1. 企劃行銷何平提出了哪些活化品牌的方式？

    答：與新科技結合，用微電影表現，或請來形象陽光的明星在網上示範產品的新吃法。

2. 找名人代言的好處是什麼？可能會造成失敗的原因是什麼？

    答：⑴好處：可以很快引發熱門話題。

    　　⑵造成失敗的原因：他們跟品牌形象不一致。

3. 會議中企劃行銷范姜文提出的折衷方案是什麼？為什麼獲得企劃經理的同意？

    答：⑴范姜文提出的是換個新包裝。像在老牌的飲料印上網路流行語「高富帥」、「文藝青年」什麼的。雖然都是老店新裝，舊瓶裝新酒，但是能讓產品產生新的活力。

    　　⑵既符合年輕人的喜好，也顧及了追求新鮮感的其他族群。讓消費者有了更多有趣的選擇，也沒脫離產品原本標榜的特色，所以獲得企劃經理的贊同。

4. 運用哪種科技和方式可以拉近品牌形象與目標族群之間的距離？

    答：網路行銷、手機直播，可拉近與消費者之間的距離。比方說奢華品牌，一般消費者想買不用去旗艦店，只要按個鍵就行了，因此獲得了目標族群——年輕族群的青睞。

5. 討論中提到多角化經營最該注意哪些情況，才不會造成原來的企業失敗，而且讓公司真正有競爭力？

    答：⑴得多小心，以免闖入自己不熟悉的領域，掉進另一個危機。

    　　⑵千萬別忽略了自己本業的能力和形象，讓原來的客戶大量流失，造成嚴重虧損。

    　　⑶一定不能離我們熟悉的本行太遠，以免我們的客戶不認識我們了。

語言點練習題（參考答案）

1. …固然可以…，但是…

改用綠色發電固然可以節能減碳、減少環境汙染，但是成本卻增加很多，電力供應也將不足。

(1) 網路直播固然可以節省預算，但是傳統廣告還是比較受觀眾信任，兩種都用吧！

(2) 多角化經營的模式固然可以讓我們的產品多元化，但是萬一發展太快，可能會掉進另一個危機。

(3) 不可行，降價固然可以暫時拉回客戶，但是這種競爭方式，最後可能大家都輸了。

2. 既符合…也顧及…

太好了，用環保材料既符合保護環境的概念，也顧及了降低成本的要求，我們何樂不為呢？

(1) 政府的本意很好，但任何經濟政策都應該既符合資方的利益，也顧及勞方和所有消費者的權益。

(2) 把學生推薦給企業界，既符合了學生實習的需求，也顧及了產業界的發展需要。

(3) 一點也不會，這種方式既符合奢華的品牌形象，也顧及了一般消費者的購買能力。

3. …完全顛覆…，獲得…青睞

手機直播完全顛覆了傳統的電視購物方式，得到各族群的青睞，讓我們的銷售量增加了三成。

(1) 不會啊！聽說是第二代完全顛覆了以前家族經營的模式，很多新的想法獲得不少年輕族群青睞呢！

(2) 沒錯，大數據完全顛覆了傳統問卷的方式，對到底採取什麼行銷策略有很大的幫助，難怪獲得企業界的青睞。

(3) 您不必難過，我有辦法，只要完全顛覆舊觀念，就能活化品牌，再次獲得消費者青睞。

4. …想法很好，可是得…，以免…

嗯，你們提的投資案想法很好，可是得多留意市場的變化，以免失去機會。

⑴ 商人利用網路販售商品的<u>想法很好，可是我們得多小心，以免落入不良賣家的陷阱</u>。

⑵ 用貸款<u>來</u>投資的想法很好，可是得小心利率的變化，以免被利息壓得喘不過氣來。

⑶ 這種<u>新</u>的行銷模式想法很好，可是得小心內容，以免流失我們原來的客戶。

▌ 個案分析（參考答案）

1. 請試著把以上內容整理成下表。

	優勢	困境（目前狀況）	解決方法
學院	1.人力資源充沛 2.受過專業訓練	1.缺乏展演場地 2.缺乏實習機會 3.預算有限 4.經濟不景氣，對外募款不易	1.在慶典或大型藝文活動期間，利用節慶及歷年學生演出留下的資源或技術，重新包裝，做類似蠟像劇場的展出。 2.設中文導覽。
場館	1.可提供演出場地 2.有閒置空間可供運用。	1.人力有限，有大型活動或慶典，專業人力不足。 2.部分空間閒置，或受到輿論壓力。	1.提供工讀機會，讓學生檢查、維護場館設備。 2.在淡季提供檔期給學院優惠或無償使用。
國外藝術單位	演出週期滿檔，有大量演出機會。	演出滿檔卻缺乏大量專業的前後台人員。	提供學生海外實習機會。

2. 本個案的三種策略，各方可以解決什麼問題？可以得到什麼好處？

教育端：

⑴ 解決：缺乏展演場地、實習機會、演出經費及預算有限的問題。

⑵ 得到好處：a. 學院演出場地租金獲得優惠或能無償使用。b. 利用元宵燈會作品、演出道具佈景，做類似蠟像劇場的展出，可提供學生創作機會，同時資源再次得到利用，省卻倉儲堆放空間。c. 設中文導覽可提供學生實習機會，提升參觀者的藝術欣賞能力。d. 用與產業端共同創造出來的利潤回饋教育。

場館：

⑴ 解決：同時解決場館人力問題和部分閒置空間的問題。

⑵ 得到好處：a. 由學生擔任導覽員和定期檢視維護場館，比聘專職人員更有經濟效益。b. 可進行藝術教育的推動。

國外藝術單位：

⑴ 解決：演出滿檔時，專業的前後台人員人力不足的問題。

⑵ 得到好處：a. 演出時獲得接受過專業訓練學生的支援，避免外行造成的失誤。b. 節省聘用前後台臨時工作人員的經費。

3. 如果你是餐旅學院的院長，如何為你學院的學生創造產學合作的機會？

與飯店度假中心合作：

⑴ 與度假中心簽訂合約，使中心保留實習生名額，並每年固定送學生至中心學習。

⑵ 說服產業端可節省教育訓練經費，及召聘人員的繁瑣，直接挑選適任的實習者，為儲備員工或主管。

課室活動（參考答案）

| 怎麼讓客戶看見產品？~~~~撰寫一份企劃書的十個要素 |

1. 封面 要與你的內容或產品有配合性，成熟度也相符 ⑴ 含標題、編撰人，以及連絡方式（email）	6. 具體對策 ⑴ 這一部分是主軸，除應該詳述，若能展示一些成品、模型、圖片等具象的東西更有說服力 ⑵ 是經過分析、調查才擬出的有效對策
2. 前言 為什麼會有這個企劃的動機（如：產品老化）	7. 預期效益 同上，圖表呈現
3. 背景 ⑴ 分析內部、外部情勢 （目前自己的優缺點及分析外部即環境或競爭對手的優缺點）	8. 時程表 ⑴ 具體列出時程表，更能展示出此企劃是有規劃的也是可行的 ⑵ 展現對此企劃的考核與追蹤控管
4. 目的	9. 預算 一定要務實具體
5. 概念	10. 結語

📑 學生作業簿

│一、請選擇適當的詞語組合（每個詞語只能使用一次）│

1. B　2. E　3. C　4. I　5. D　6. H　7. J　8. A　9. G　10. F

│二、請將框框中的詞語填入下面的句中，填入代號 a-j 即可│

1. g　2. j　3. e　4. c　5. d　6. h　7. a　8. b　9. f　10. i

│三、請聽錄音，選擇合適的句子，完成對話│

1. C　2. C　3. A　4. C　5. B　6. A　7. B　8. C　9. B　10. C

註：第 9 題 C 選項「失敗為成功之本」原意是指失敗可以為成功積累經驗，但現今常有人引用時，為讓氣氛不過於嚴肅，故意將「母」說成媽媽，有些玩笑性質。

│聽力文本│

(　　) 1. A：我對公共議題很有興趣，明年想跨領域以企業家的背景從政，你的看法怎麼樣？

(　　) 2. A：我們是老字號的商店又有風光的過去，為什麼最近銷售情形一直不好呢？

(　　) 3. A：他是形象陽光的紅星，請他拍微電影一定能讓我們的品牌年輕化。

(　　) 4. A：我好喜歡那個品牌也想買，可是想到他們奢華的形象，怕進去萬一沒買很丟臉，所以一直不敢走進那家店。

(　　) 5. A：那家公司的產品，最近印上「高富帥」這幾個字，結果大賣，你知道原因嗎？

(　　) 6. A：我們公司想走多角化經營的模式，讓產品更多元化，不知您能不能幫我介紹幾個專家？

(　　) 7. A：面對電玩的衝擊，這家玩具店竟然馬上賣飲料、手錶，還積極開發主題樂園，簡直開玩笑。

(　　) 8. A：真頭痛，不知道我的客戶到底在哪裡？產品到底要賣給誰？

(　　) 9. A：不少第一次創業的年輕人失敗了，您可以給他們一些建議嗎？

(　　) 10. A：這次演出對我們形象的提升很重要，尤其是售票和接待觀眾，更要避免因為

人力有限而發生問題。

四、請利用提示欄中的詞語，改寫原句，不影響原句的意思

1. 雖然是老品牌，但是<u>舊瓶裝新酒</u>，<u>既</u>符合年輕人的口味，<u>也</u>顧及老年人在意的傳統文化。

2. 這家公司<u>完全顛覆了</u>以前的行銷模式，終於<u>獲得消費者青睞</u>，不再虧損。

3. 我希望不至於畢業就失業，<u>能無縫接軌地進入職場</u>。

4. 他總是能拿到幾千萬的訂單，大家都叫他「千萬業務員」，<u>在銷售上他真的是箇中好手</u>。

5. 請工讀生進行<u>日常檢查</u>，有問題再請人修理。這樣一來，學生有了經驗，不至於<u>眼高手低</u>，展館也增加了<u>經濟效益</u>。

6. 在淡季，展館的場地<u>讓學生無償使用</u>，展演滿檔時讓學生當導覽人員，<u>可以推動藝術教育，又可以解決展場人力的問題，真是一魚兩吃</u>。

7. 產業和學校產學合作，雙方<u>各有所獲</u>，也是有效提升學習者能力的方法。

8. 多角化經營<u>固然可以</u>讓產品多元化，<u>但是也要小心，以免闖入陌生的環境</u>。

肆　教學補充資源

🔋 新瓶裝舊酒——可口可樂有趣的包裝（高富帥、小清新、天然呆…）

🔋 「小時光麵館微電影」

https://www.youtube.com/watch?v=ofuu6UwBYpI

🔋 網路直播購物廣告

http://www.bilibili.com/video/av13442606/

LESSON 6 第 6 課 給員工打考績

壹 教學目標

能表達對同事的關懷與傾聽
能詳述事實進行績效討論
能針對現況提出將採取的措施
能引導對方回歸討論主題

貳 教學重點

教師課前準備工作

本課的商務情境是主管如何執行一個合理又有效的績效管理，應該如何與部屬做雙向交流？一個部屬面對問題或自覺受到不公平的考核，又該如何去向主管尋求協助？

|有效的溝通|

1. 先伸出友誼與關心的手（最好能呈現你對部屬了解的關懷話語，如本文中上司了解部屬對孩子健康的憂心）。

2. 傾聽對方的委屈和不滿。（如語言點 1，3）

3. 告知對方可能產生的誤解並還原真相。（如語言點 4）

4. 舉出對方實際的錯誤，協助對方發現自己的問題，而非一味地指責，以免激發對方更大的反感和反彈。（如語言點 2）

5. 澄清問題後另約時間（如：改天，可轉換氣氛並做充足的下一步準備），給予回饋和協助，讓對方能克服困境成長。

｜準備補充材料｜

1. 參考常用的考績衡量依據⑴年度計畫⑵感覺⑶貢獻度（可用 PPT 製成圖表）詢問學生最喜歡什麼樣的主管？為什麼？哪種打考績方式最合理？認同這樣的衡量依據嗎？這三項的比例應該各佔百分之幾？

2. 主題相關連結（請參考肆、教學補充資源）
   ⑴《因公傷假考績拿丙 公務員喊冤》2014 年 10 月 02 日 14:53 中央社
   ⑵人力資源課程微電影-主管考績偏失

3. 請學生準備一篇考績相關報告或案例，為課後討論做準備。

4. 談判技巧，建議教師可參考：
   ⑴「從兩敗到雙贏的溝通模式」，文經社，作者：劉必榮。
   ⑵書名：「談判聖經──尋求雙贏的超級談判實用手冊」，ISBN：9579293783，出版社：商周出版，作者：劉必榮，類別：商業理財。

教學步驟（進行方式）

一課上完大約八至十個小時。（視老師的安排和各班的學習情況而定）

｜暖身（提問並帶出生詞）｜

1. 引起興趣：在工作上你給自己打幾分？你覺得老闆對你公平嗎？比方說薪水、獎金、職務、升遷、被重視等。你是公司的黑人還是紅人？會感嘆自己懷才不遇嗎？看到偷懶的同仁考績都比你好，你的反應會是什麼？
   請同學觀看下面的視頻，之後接續提問部分，一氣呵成。
   上班這黨事──年終考核最後一搏 讓你翻紅盤的妙招
   （相關連結請參考肆、教學補充資源）

2. 在工作上什麼事會讓你情緒低落？在公司裡黑掉了，或是考績不佳，會影響你的情緒嗎？你自己覺得你努力嗎？打從進公司到現在，公司加過薪嗎？你個人加過薪嗎？或者升遷過嗎？好的職務論年資該輪到你，可是怎麼輪都輪不到你，你會灰心嗎？還是乾脆混一天算一天？要是你是管理者，發現員工出現這種狀況，你約談過嗎？過程平和嗎？效果好嗎？

｜課前準備｜

1. 可當學生的回家作業，學生在家先預習並作答。把五題是非題瀏覽一遍，如遇到生詞簡單講解一下即可，然後核對答案。

2. 亦可課中播放音檔，請學生不要看課文，僅根據是非題的文字敘述或做筆記來抓住對話的大意。播放結束以後，檢討是非題的答案，當學生不確定對或錯時，請先擱置不需立刻回答，等上完對話後學生可以自己找出答案。

｜回答問題｜

利用對話後的五個問題來進行較詳細的聽力練習。若學生回答不出來，先提示關鍵詞語，來引導學生抓住正確的訊息；接下來可再進一步要求（程度較好的）學生說出完整的句子。

｜生詞、課文｜

請學生跟著老師一起唸詞語表，以提問或請學生以中文解釋的方式來確定其能了解生詞的意思。若學生無法解釋，再由教師說明講解重點生詞。提問時可設定數個子題，環繞一個主題帶出生詞。教師也可問學生有沒有哪個生詞有意思或用法上的問題，若有，即協助學生理解。請學生輪流唸課文，以提問或請學生以中文解釋的方式來確定其能了解意思。帶領過課文後再核對是非聽力的答案。帶領學生做課本上的語言點練習題。最後再播放一次錄音，並回答課本上的問題。

｜四字格教學｜

給予學生情境，或可跟生活經驗連結的例子，讓學生使用四字格來回答。或是給予補充用法及例句，讓學生更熟悉四字格。

1. 兵來將擋水來土掩：【補充用法】敵人來派將軍抵擋，大水來用土去掩蓋。比喻針鋒相對，根據具體情況，採取靈活的對付辦法。【例】他們是大公司，我們也不小啊！明天的談判，咱們就兵來將擋水來土掩！常用的反義詞則有：「束手無策」，遇到問題，就像手被捆住一樣，一點辦法也沒有。另外現在大陸媒體常用「你有你的張良計，我有我的過牆梯」。 這句話與這個四字格看似有些相近，但主要意指「上有政策，下有對策」，比較偏重在「對付、應付」的方法上，沒有本四字格的豪氣與有把握。比方說很多政府的法律或政策訂得很嚴，但民眾總有辦法可以鑽漏洞或應付。

2. 論功行賞：【補充用法】漢五年，劉邦既滅項羽，定天下，於是論功行封。近義詞有「賞罰分明」。【例】帶人帶心，一個好的領導者應該要論功行賞、賞罰分明。反義詞則有「兔死狗烹」，比喻為上位效勞的人，事成後不但未得應有的獎勵，反被拋棄或殺掉。

│個案分析│

　　以泛讀或以聽力方式，完成個案分析的課前提問。比方說請學生概略說出發生的情況及困境。引導提問，重點在引起學生思考一個好的管理者應該怎麼藉考評帶起團隊的工作士氣。

1. 你遇過非常好的主管嗎？印象中有哪些從主管來的溫暖關懷？他們有哪些溝通特質或技巧？

2. 有哪些你非常不欣賞的主管？為什麼？你見過哪些不公平的打考績方式？問題是什麼？

3. 中國有句俗語「不遭人嫉是庸才」，你對這句話的看法為何？

4. 播放影片：人力資源課程微電影-主管考績偏失（相關鏈結請參考肆、教學補充資源）

5. 觀看影片前提醒學生觀看主管犯了那些偏失？同事造成了哪些問題？女主角犯了哪些溝通上的錯誤？重來一次是否有辦法避免這樣的霸凌或困境一再發生？

│課室活動│

　　活動一：

　　　step1：學生先觀看補充教學材料。

　　　　1. 透過南山人壽裁員 225 人稱優退-Youtube
　　　　　https://www.youtube.com/watch?v=w6aVbAA7DXM

　　　　2. 上班這黨事──年終考核最後一搏 讓你翻紅盤的妙招
　　　　　https://www.youtube.com/watch?v=u1QJ42SbWJY

　　　step2：學生任務分組，透過討論，提出更好的解決方式。

　　活動二：2-3 名學生設定為單位主管，各主管提出一份人事考評單（約五人），其他同學就其所打考評提出質疑，扮演主管的人須提出合理的解釋。

　　活動三：角色扮演

　　情境設定公司某單位經理出缺，檯面下可能發生的運作或攻防。學生分為兩派人馬，候選人背景由學生自由發揮，例如可設定為與上層有關係的候選人、能力強但資歷淺的候選人、資深的、兢兢業業守規矩的老臣等等，大家各擁其主。

📖 詞彙補充說明

1. 情緒：【用法】提示學生「情緒」和「心情」的區別。「情緒」是指 a.人對認知內容的特殊態度，喜、怒、哀、樂表達的是情緒。情緒是人、動物都有的，強調生理性的變

化。b.不愉快的情感。如情緒不好、鬧情緒。「心情」強調一種感情狀態，是人特有的。一般用「好、差」等表達。「心情」好壞可以有外在表現，但有時也可能不表現在外。「情緒」則一定會有外在表現，因此從情緒可以看出一個人的心情好不好。【例】老闆娘今天<u>鬧情緒</u>看誰都不順眼，可能老闆惹她生氣<u>心情</u>不太好，大家自己小心啦！

2. <u>論</u>年資：【用法】「論」是依照⋯標準評比的意思。【例】<u>論</u>經驗，他是我們這群人裡最豐富的。

3. <u>瓶頸</u>：【用法】比喻事情進行中容易發生阻礙的關鍵、環節，像瓶子口細長不易通過的部分。一般用來形容事業發展中遇到停滯不前的狀態，或某件事遇到了阻礙，無法繼續進展或進行。可以是交通、工作、學習等方面。【例1】這個路段是交通<u>瓶頸</u>，上下班時非常容易形成堵塞。【例2】他最近在這個計畫推動上出了問題，遇到了<u>瓶頸</u>，心情很不好。

4. <u>增進</u>：【搭配】增進是指在某方面基礎上、能力上的提高，或指某方面的進步，只能帶抽象賓語，比方說增進友誼、增進了解。「增加」多半是指數量上的增加，賓語抽象、具象沒有限制，比方說增加了解、收入增加了 20%。「增長」是指增長的趨勢，「增強」是指加強的意思。【例1】為了<u>增進</u>視野，她留職停薪出國進修去了。【例2】經過三個月的見習，他在實務技術上<u>增進</u>了不少。【例3】她考上了三張證照，在不同的公司擔任顧問，收入<u>增加</u>了不少。

5. 四字格「兢兢業業」例句 1 補充說明：「請你走路」是指被解雇、解聘，與「捲鋪蓋」、「炒魷魚」或更俗的口語「叫你滾蛋」意思都一樣。如果是勞方自己要走人，則可說「辭職」或較俗的口語「不幹了！」

✏ 重要語言點解說

· 語言點 1. 打從⋯，總是⋯，從不敢⋯

用來解釋一直以來的態度或情況。「打從」就是從⋯開始，但較為口語，後面「從不敢」則是強調謹慎或不敢逾越某個標準或規定。

補充對話
同事A：你的膽子也太小了，這種投資法怎麼可能賺大錢？
同事B：打從我創業失敗以後，我總是兢兢業業地（或戰戰兢兢地），從不敢再做沒把握的事了。

- **語言點 2. …千萬別再…了，言歸正傳…**

  提醒和警告意味濃厚。提醒和警告其他事情後，再拉回原來的主要話題。

  補充對話
  經理：你千萬別再搞辦公室戀情，否則下回老闆就不會對你這麼客氣了。言歸正傳，我
  　　　上星期交代你做的企畫做好了嗎？
  主任：這次的教訓夠大了，我再也不敢了。您要的企畫書我已經趕出來了。

- **補充語言點 1. 論…，…在伯仲之間**

  是說在某一方面評比起來，差不多，難分優劣。「伯、仲、叔、季」原是兄弟的排行，
  伯是老大，仲是老二，叔是老三、季是老四，現以「伯仲之間」比喻彼此能力不分上
  下。

  補充對話
  同事 A：他們兩個能同心合作該有多好，公司業績一定比現在好一倍。
  同事 B：是啊，論能力他們真的在伯仲之間，就是兩個人都太愛面子了，恐怕很難合作
  　　　　啦！

參　練習解答

課前準備-聽力練習

1. T　　2. T　　3. F　　4. F　　5. F

回答問題：請根據對話，回答下面問題

1. 總經理一開始用什麼話題來避免引起王專員的情緒反應？
   答：從關心他的家人切入話題，如以「你兒子的鼻子過敏好一點了嗎？」表達誠懇的
   　　關切，並以「是不是有什麼事困擾著你，所以最近兩季的績效總是差強人意？」
   　　表達願意傾聽的態度，降低被訪談員工覺得被責備的防禦性情緒反應。

2. 王專員用哪些話來表示是主管在背後說他的壞話？
   答：是不是我們<u>張副理跟您說了什麼</u>？我不知道我哪裡<u>得罪了他</u>。

3. 造成王專員工作沒有動力的主因是什麼？他用了哪些話來表達？
   答：他覺得認真工作卻沒有得到合理的回饋和公平的升遷。

⑴ **與自我評鑑有落差**：打從我進公司開始，總是兢兢業業認真工作，從不敢偷懶。

⑵ **不公平的考評和升遷**：上次副理出缺，論年資或是業績表現，怎麼樣也都該輪到我，沒想到最後升的竟然是比我晚進公司的小張。

⑶ **認真付出後的失落感**：我這麼多年的努力，這麼認真地衝業績，有什麼用？

4. 王專員沒能升副理的真正原因是什麼？

　　答：公司希望培養他，讓他對業務更嫻熟、更穩定之後，明年再讓他更上層樓。

5. 總經理用了哪種積極的溝通方式讓王專員得到幫助？

　　答：⑴ 關心：你兒子的鼻子過敏好一點了嗎？

　　　　⑵ 傾聽：a. 有什麼事困擾著你？

　　　　　　　　 b. 你願意告訴我，為什麼你最近的表現出了這麼多狀況了嗎？

　　　　⑶ 理解和同理心：a. 你之前的表現的確很好，所以我才擔心。

　　　　　　　　　　　　　 b. 所以你就灰心了？

　　　　⑷ 能詳述事實客觀討論而非一味指責：a. 該給主管的報告，還沒交 b. 只差他的部分，秘書一直沒辦法彙整 c. 報價單在截止日前沒給對方 d. 客戶聯絡不上他。

　　　　⑸ 能針對現況提出將採取的措施：a. 這個週末我們都冷靜一下，好好想想該怎麼增進你在業務上的嫻熟和穩定 b. 我請秘書約個時間，再就怎麼幫你這個問題，討論討論 c. 週末好好放鬆放鬆。

　　　　⑹ 能引導對方回歸討論主題：現在言歸正傳…

📖 語言點練習題（參考答案）

1. 打從…，總是…，從不敢…

您放心！我們是正派公司，非常重視信用，<u>打從公司成立以來</u>，只要簽了約，我們一定按照合約，<u>總是</u>讓客戶滿意，<u>從不敢</u>隨便漲價。

⑴ <u>打從我們創業以來</u>，公司上上下下<u>總是</u>抱著客戶第一的觀念，<u>從不敢</u>欺騙消費者。

⑵ 她真的非常認真，每天<u>打從一進辦公室</u>，<u>總是</u>馬上就開始聯絡客戶，<u>從不敢</u>耽誤事情，所以客戶都非常喜歡她。

⑶ 我馬上傳。這星期<u>打從我一上班</u>，<u>總是</u>有接不完的電話，連喝水的時間都沒有，要不然我<u>從不敢</u>晚一分鐘報價。

2. …千萬別再…了，言歸正傳…
請您千萬別再帶禮物送我了，言歸正傳，利率的高低除了看客戶信用，還得由主管決定。

(1) 開會你千萬別再遲到了，現在言歸正傳，你到底還想不想待在這家公司？

(2) 千萬別再在辦公室亂發脾氣影響別人的情緒了，言歸正傳，業務上的瓶頸，妳回去想想該怎麼突破。

(3) 沒想到他們有心結，千萬別再讓他們有誤會了，言歸正傳，這次副理出缺，名單決定了嗎？

3. 論…怎麼樣也都該…沒想到…竟然…
論表現，這次怎麼樣也都該輪到我，沒想到最後竟然是只會做表面工作的小張。我哪一點不比小張強？

(1) 論實力，怎麼樣也都該是我們贏，沒想到超時了，竟然被一群年輕的設計師打敗了。只能怪運氣不好吧！

(2) 是啊，論能力或是談判口才，怎麼樣也該升你啊！沒想到竟然升了一個這樣的人。只能怪重男輕女的傳統觀念吧！

(3) 是啊，論公司大小、資本、信用，怎麼也該是我們得標，沒想到竟然是被以前離職的工程師搶走了。只能怪我們太有自信，太大意了吧！

4. 其實…，沒想到…反倒…
其實我們只是希望給您一個驚喜，沒想到反倒讓您不開心。

(1) 其實我們只是希望氣氛更熱鬧一點，沒想到反倒讓您生氣。

(2) 公司其實就是一個團隊，沒想到為了競賽，反倒讓部門跟部門不和。

(3) 主管說其實公司本來是好意，讓我們輕鬆一下，沒想到反倒讓一些人在那裡聊天聊個不停，不認真工作。

個案分析（參考答案）

1. 以上幾位主管的看法你同意嗎？（由學生自由作答）

2. 陳經理、王主任、何經理、李主任四位主管，在打考績上各有什麼不合適的地方？有什麼優點？誰最符合績效管理的原則？

（自由作答，以下供參考）

(1) 王主任——按比例來決定優等、甲等人數，最低給到乙等，無法反映出真正的優劣。劣者甚至有恃無恐，因為至少有乙等。

(2) 李主任——直接讓同仁之間互評，分數恐怕會受彼此嫌隙或私人恩怨影響而失準，也易形成小圈圈。 主管固然不必去承擔部屬的抗議和抱怨，但太鄉愿也失了管理者的擔當和功能。

(3) 何經理——基本上缺乏領導與管理能力，對同仁的嗆聲，不知道怎麼處理或擺平。

(4) 陳經理——每一季列出執行目標和績效考核，列入各項考評指標，除了業績還包括員工間的合作溝通，是比較符合績效管理的方式，若能再增加開放性的溝通，會更有彈性。

3. 如果你是主管，怎麼打考績？哪個重要？請由最不重要到最重要給予1~10。填入下面的空格，並說出你為什麼這麼給分。

（自由作答）

📝 課室活動

由學生自由發揮。

📝 學生作業簿

｜一、請選擇適當的詞語組合（每個詞語只能使用一次）｜

1. M　2. A　3. N　4. B　5. C　6. J　7. D　8. F　9. G　10. H　11. I　12. K　13. E　14. L

｜二、請將框框中的詞語填入下面的句中，填入代號 a-j 即可｜

1. f　2. h　3. a　4. g　5. b　6. d　7. c　8. j　9. i　10. e

｜三、請選擇合適的句子，完成對話，每個句子只能使用一次｜

1. I　2. F　3. B　4. G　5. D　6. C　7. A　8. H　9. J　10. E

｜四、聽力練習｜

1. c　2. a　3. a　4. c　5. b

｜聽力文本｜

　　每年到了打考績的時候，也是主管們的頭痛時間。因為考績打得客觀，對部屬是一種獎勵；打得不公平，往往造成他們情緒低落，甚至灰心誤事。若剛好碰到有一個升遷機會，這次考績就更關係重大了，最糟的狀況是幾位升遷的候選人能力在伯仲之間，主管卻沒處理好，結果人才出走，造成公司立刻的損失不說，還可能在日後的市場競爭上多了一個敵人。所以，怎可不謹慎、不公平呢？

　　打考績的依據到底是什麼呢？管理專家認為，最好是以是否達成「年度計畫」所交付的任務做為考核的標準。計畫中列出詳細的指標，考評時看他是否達成目標。這樣每個人踏踏實實地去做，既不會偏離發展方向也兼顧整個團隊的績效，在執行過程中還可以及早發現計畫是否實際，盡快改正。

　　雖然根據年度計畫來打考績可以減少爭議，不過有時還是會出現一些狀況。比如，部屬認為以業績來看，他的功勞最大，卻沒有被青睞。但是主管卻認為績效是團體戰，而非一人的功勞。這時，主管就該清楚說明直接貢獻者有誰，協助者有誰，這樣有功者清楚，背後支持的人也能被看見。若這段時間業績好，只是搭上經濟景氣的暫時現象，也要透過溝通讓部屬了解，避免有功者過於驕傲。另外。最常見的困擾是單位中同仁各個都表現得不錯，但資源有限無法人人有獎，主管可透過分派重要性高或容易有表現的任務給未得獎者，讓他覺得被重用，做為一種獎勵。

　　靠感覺來打考績是最糟糕的一種方式。這類主管憑印象好壞或部屬跟自己的交情來打分數。這會產生兩種結果，對印象或關係好的部屬什麼都好，對印象不好的，臉色總是不好，或者即使發現問題當時也不說，表面沒事卻記在心裡。這種平時鄉愿，年底打考績再按自己好惡直接算帳的作法，當然容易失準甚至不公平了。所以做主管打考績真的不能不小心啊！

｜五、請利用提示欄中的詞語，改寫原句，而且不影響原句的意思｜

1. 別擔心，遇到瓶頸時，只要多向別人請教，踏實地執行，總有成功的時候。

2. 你之前兢兢業業，為什麼最近的表現只能差強人意，跟以前簡直判若兩人！

3. 他優秀是優秀，可是要是沒有其他同事在背後的支援，他怎麼可能有漂亮的成績？

4. 誰的功勞大，數據會說話，不是「一點貢獻也沒有，只不過跟高層交情好」，就能得到獎勵的。

5. 打從開始合作以來，我們跟貴公司的帳總是清清楚楚，從不敢占您一毛錢的便宜。

6. 你是主管，員工在背後嗆聲，你不管；錯了你也不處理，你太鄉愿了。

7. 本來以為只要我們退一步，這次的消費糾紛就很容易解決，沒想到對方反倒以為我們好

欺負。

8.言歸正傳，你和王經理的能力在伯仲之間，可是他比較不容易因為緊張而失常，所以這個案子我們決定交給他負責執行。

六、短文寫作

學生自由回答。

肆 教學補充資源

📑 南山人壽裁員 225 人稱優退-Youtube

https://www.youtube.com/watch?v=w6aVbAA7DXM

📑 上班這黨事——年終考核最後一搏 讓你翻紅盤的妙招

https://www.youtube.com/watch?v=u1QJ42SbWJY

📑 參考文章

（中央社）討論《因公傷假考績拿丙 公務員喊冤》2014 年 10 月 02 日 14:53提問該文的考核方式合理嗎？真的能解決問題嗎？你能提供更合理的解決方案嗎？

http://www.chinatimes.com/realtimenews/20141002003637-260407

📑 【人力資源課程微電影-主管考績偏失】

https://www.youtube.com/watch?v=lI5ZUj6Da6g

LESSON 7

第 7 課
旅遊補助

壹 教學目標

能表達喜好或偏好

能統整意見做出建議

能比較、說明補助的標準

能提出周延的計畫與安排

貳 教學重點

教師課前準備工作

本課的商務情境是舉辦員工旅遊，讓學生學習年資、福利等制度相關詞語，協調意見的句式（如語言點 1、4）。內容方面可朝企業福利制度、人才留任等方向蒐集素材。

教學步驟（進行方式）

一課上完大約八到十個小時。（視老師的安排和各班的學習情況而定）

暖身（提問並帶出相關生詞）

你參加過員工旅遊嗎？公司有補助的話，你參加員工旅遊的意願會不會比較高？你會帶家人參加嗎？為什麼？

課前準備

把五題是非題瀏覽一遍，如遇到生詞簡單講解一下即可。播放音檔，請學生不要看課文，

僅根據是非題的文字敘述或做筆記來掌握對話的大意。播放結束以後，檢討是非題的答案，當學生不確定對或錯時，請先擱置不需立刻回答，等上完對話後學生可以自己找出答案。

｜回答問題｜

　　上完課文後，可請學生回家先準備語言點前的五個問題。上課時請學生輪流回答，若學生回答不出來，先提示關鍵詞語，來引導學生抓住正確的訊息；接下來再進一步要求學生說出完整的句子。

｜生詞、課文｜

　　請學生跟著老師一起唸詞語表，以提問或請學生以中文解釋的方式來確定其能了解生詞的意思。若學生無法解釋，再由教師說明講解重點生詞。提問時可設定數個子題，環繞一個主題帶出生詞。教師也可問學生有沒有哪個生詞有意思或用法上的問題，若有，即協助學生理解。請學生輪流唸課文，以提問或請學生以中文解釋的方式來確定其能了解意思。帶領過課文後再核對是非聽力的答案。帶領學生做課本上的語言點練習題。最後再播放一次錄音，並回答課本上的問題。

｜四字格教學｜

　　給予學生情境，或可跟生活經驗連結的例子，讓學生使用四字格來回答。或是給予補充用法及例句，讓學生更熟悉四字格。

1. 一視同仁
    問：林經理是老闆的愛將，很少犯錯，這次老闆應該會原諒他吧？（丟了大客戶、一視同仁、處罰）
    參考答案：雖然林經理是老闆的愛將，很少犯錯，但這次丟了大客戶，老闆還是一視同仁地處罰了他。
    問：為什麼我們明明是同一組的，做一樣的事，薪水卻不一樣？（按、年資、一視同仁）
    參考答案：公司的薪水是按年資發的，當然有所不同，按照這個規定才是真正的公平和一視同仁。

｜個案分析｜

　　以泛讀或以聽力方式，完成個案分析的課前提問。比方說請學生概略說出發生的情況及困境。引導提問，重點在引起興趣。

1. 你覺得高薪是吸引人才留任的主因嗎？還有其他因素會影響流動率嗎？

2. 你覺得除了員工旅遊，哪些福利制度更符合員工的需求？

│課室活動│

　　請帶學生按照題目順序，一題一題做。先讀一次選項，看圖聽音檔 1~2 次即可。四題都完成後再公布答案。之後進入討論題。

　　討論第 1 題：保險業務員不只是拉客戶，真正的保險業務員要具備一定的專業知識和能力，例如清楚了解保險產品的特色、合約的內容（保險的條款）、理賠的條件等，另外也要懂得把保險產品和客戶的需求結合，更重要的是提供售後服務，包括每年提醒客戶繳費、是否能為客戶爭取權益、申請理賠等。通過討論，讓學生認識保險業務員的工作性質，了解「專業」的定義。

　　討論第 2 題：現代人有保險是很普遍的事，包括產險、車險、壽險、年金險、儲蓄險等各類險種，讓學生思考一般人何時會用到保險，並提高相關主題的溝通能力。

📖 詞彙補充說明

1. 員旅：縮略語，員旅＝員工旅遊。

2. 福委：縮略語，福委＝福利委員。

3. 亮眼：指人的外表或表現很好、引人注意，也可指業績很好。【例】因為週年慶的關係，百貨公司秋季的業績總是比較<u>亮眼</u>。

4. 犒賞：意思是辛苦工作、得到獎賞。可指打仗之後犒賞軍隊的功勞，老闆犒賞員工的業績表現，自己犒賞自己的辛勞等。【例】辛苦工作了一整年，該好好休息一下。出國旅遊<u>犒賞犒賞</u>自己吧！

5. 羨煞：羨煞某人，意思是讓某人非常羨慕。【例】表妹不但收入高，而且可以在家工作，<u>羨煞</u>大家！

6. 向來：一向。【用法】副詞，放在動詞之前。【例】丁小姐個性獨立，<u>向來</u>不跟同事一起吃午餐。

7. 踴躍：對某事反應積極、熱烈。【例】人力銀行舉辦的新鮮人講座，包括履歷書寫、面試技巧、職場經驗談等三大主題，歡迎應屆畢業生<u>踴躍</u>報名參加。

8. 全額：全部的數量。【用法】可當名詞或名詞定語。【例】不少企業補助員工子女的學費，有的補助一半，有的可得到<u>全額</u>補助。

9. 體恤：體貼、體諒。【例】有一位老闆<u>體恤</u>員工在寒流當天上班的辛苦，居然發了兩倍的獎金！

10. 撥出：特別分配出來的意思。【搭配】<u>撥出</u>預算、<u>撥出</u>時間、<u>撥出</u>人力等。

11. 處於：【用法】<u>處於</u>…的情況，表示正在…的情況下。【例】他被老闆炒了，太太又跟他離婚了，所以現在正<u>處於</u>心情低落的情況。

12. 相比：【用法】A 跟 B <u>相比</u>，指 A 跟 B 互相比較。【例】跟同部門的同事<u>相比</u>，小李的薪水比較低，讓他覺得非常不公平。

13. 挖角：【用法】被…<u>挖角</u>，指用高薪或其他好處把人才從別的公司請過來。【例】高經理多次被合作的廠商<u>挖角</u>，但是他都沒有接受。

重要語言點解說

- 語言點 1「有一部分的人傾向…」：在協調意見時，表達某一部分的人的喜好和意願。請參考以下的對話：

  老闆：今年尾牙的地點你們有沒有好的建議？

  主管：同事們的意見都不同。<u>有一部分的人傾向</u>在公司附近的飯店用餐，<u>也有一部分的人</u>希望能去最流行的餐廳。

- 語言點 3「就我所知，…。…沒辦法…，還是以…為優先吧！」：在協調意見時，說明優先順序及理由。請參考以下的對話：

  王經理：競爭對手這麼強大，要不要推出新品來刺激銷售？

  李經理：<u>就我所知</u>，現在市場上普遍不景氣，推出新品也<u>沒辦法</u>提高銷售量，<u>還是以</u>換季打折<u>為優先吧</u>！

參　練習解答

課前準備-聽力練習

1. T　2. F　3. T　4. T　5. F

回答問題：請根據對話，回答下面問題

1. 以往大家參加員工旅遊的情形怎麼樣？

　答：往年大家都攜家帶眷的，十分踴躍。

2. 按照公司補助的額度，國外旅遊為什麼會影響部分員工參加的意願？

　　答：按照這次公司給的補助額度，國內旅遊的話，員工負擔比較低。國外旅遊的話，
　　　　每個人自費的比例比較高。

3. 公司今年的補助標準和規定跟以往有什麼不同？

　　答：以往補助標準都是一致的，大家一視同仁，但是今年有一些限制條款與特殊的補
　　　　助。

4. 今年員工旅遊的日期和天數是怎麼安排的？

　　答：今年員工旅遊會訂在四月初的四天清明連假期間舉辦。

5. 為了比價，他們要請不同的旅行社提供哪些資訊？

　　答：路線、行程、航班、玩些什麼等等，另外把餐飲、住宿、自費項目也都列出來。

📝 語言點練習題（參考答案）

1. 有一部分的人傾向…
   根據我們的市場調查，有一部分的人傾向<u>選擇新鮮、無加工的食品，而且漸漸成為市場上的</u><u>主流</u>。

   (1) 應該可以，客戶中有一部分的人傾向<u>購買高品質、高單價的產品</u>，因為<u>比較有保</u><u>障</u>。
   (2) 嗯，有一部分的人傾向<u>先上網查詢商品資訊和使用心得</u>，優點是<u>節省時間</u>。

2. …就可以了。況且，…。
   你別擔心，保險費並不高。你只要每天省下一杯咖啡的錢<u>就可以了</u>。<u>況且</u>，你還可以享受意外、住院、手術等保障。

   (1) 我覺得這不是很大的問題。<u>員工只要用電子郵件來聯絡就可以了</u>。況且，<u>這種工作</u><u>方式比較有彈性，可以隨時更新工作進度</u>。
   (2) 別想那麼多，<u>你只要把自己的工作做好就可以了</u>。況且，<u>外派的福利和津貼都不錯</u>。

3. 就我所知，…。…沒辦法…，還是以…為優先吧！
   就我所知，<u>那家新的商店會開在我們對面</u>。我們在價錢上沒辦法跟他們競爭，還是以<u>客戶服</u><u>務</u>為優先吧！

⑴ 就我所知，<u>一般公司還有年終尾牙、年節獎金、免費餐飲、員購優惠等福利制度</u>。小公司沒辦法給員工太多福利，還是以<u>年終尾牙、年節獎金</u>為優先吧！

⑵ 就我所知，<u>市面上有很多儲蓄險、年金險、癌症險、意外險、壽險等金融保險產品</u>。第一次辦保險沒辦法一次辦好，還是以<u>基本的意外險</u>為優先吧！

4. 跟…接洽之前，還要…
你可以跟廠商進一點貨，自己上網當賣家。不過在跟廠商接洽之前，還要<u>了解一下市場行情，談價錢的時候才不會差太遠</u>。

⑴ 台灣企業想與中南美洲的企業合作，得做些準備工作。老闆跟當地企業接洽之前，還要<u>先學習西班牙語、了解當地文化</u>。

⑵ 你的工作是接訂單，並聯絡貨運公司，再出貨給客戶。跟貨運公司接洽之前，還要<u>打包所有的貨物</u>。

5. …有…的規定，…才能…
因為這家民宿有<u>入住時間</u>的規定，<u>必須等到下午三點以後才能入住</u>。

⑴ 嗯，這家美式賣場有入場相關的規定，<u>必須有會員卡才能入場購物跟結帳</u>。

⑵ 公司有辭職相關的規定，<u>員工應該在十天前告知公司</u>。

個案分析（參考答案）

1. （參考答案）
例如咖啡師認證制度，讓基層員工也可以成為職業達人，有自我實現的機會。又如有晉升加給和調薪制度，表示內部晉升的機會公平及透明。其他像可申請到海外工作或回鄉，顯示工作環境彈性和多元。以上都是能吸引員工的「隱形福利」。

2. （參考答案）
f → e → c
f. 每年都有放長假的福利：有充分的休閒、跟家人相處的時間
e. 出國或旅遊的機會：可以一邊玩一邊工作
c. 有機會承擔責任：提升自己的能力

📖 課室活動（參考答案）

｜一、回答問題｜

1. ③　　2. ②　　3. ①　　4. ③

｜二、問題討論｜

請學生自由發揮。

｜聽力文本｜

1. 副總：真高興藉著這次的員工旅遊，認識了不少像你這樣年輕有活力的新同仁。你才二十八歲就獲得年度最佳業務員獎，還升到業務經理，實在不簡單。不知道你怎麼會想投入保險業？

   仁美：我從小看我媽媽服務保險客戶，對保險本來就有一點認識。從財金系畢業後，我也希望能早點擁有自己的事業，就請我媽媽推薦我進入公司。

2. 記者：林經理，請問您認為怎麼樣才算是一個專業的保險人員？

   林經理：賣保險是非常專業的工作，並不是只要會跑客戶就夠了，所以平常有空就要多熟悉不同的險種，像壽險、產險或投資險等各種保險商品。畢竟業務員不可能只賣單一商品或太簡單的商品，這樣很難活下去，專業的保險人員一定要根據客戶不同的需求來做理財或保險的整體規劃。

3. 李經理：總經理，我很認同公司的經營方式，加上我快退休了，想把我的老客戶都託付給我兒子，所以我才鼓勵我兒子選擇這家公司。

   總經理：非常好，老李。你兒子只要將來通過公司的考核就能接下你的工作了。這樣有很多好處，比如說，客戶的服務不會中斷，滿意度也會上升，還能替公司換血。

📖 學生作業簿

｜一、請將框框中的詞語填入下面的句中，填入代號 a-j 即可｜

1. d　2. g　3. h　4. b　5. i　6. e　7. f　8. c　9. j　10. a

｜二、選擇適當的詞填入句中｜

1. A　2. B　3. A　4. C　5. B

6. B　7. A　8. C　9. A　10. B

三、請將以下詞語放在句子裡的正確位置，用「/」表示

我突然有事<u>不克參加</u>，要怎麼取消已經報名的活動？

1. 你提出的這三個方案<u>大同小異</u>，都差不多，只在小地方做了一些改變而已。

2. 這座親子公園的好處是<u>老少咸宜</u>，可以烤肉，也可以玩水，最適合當成員工旅遊的地點。

3. 本公司的員工旅遊歡迎各部門員工<u>攜家帶眷</u>一起出遊。

4. 王太太經營房地產事業<u>有聲有色</u>，還投資金融保險業，簡直是女強人。

四、請利用括弧的提示回答問題

1. 不論新舊員工都<u>一視同仁</u>，只要參加就有補助。

2. 跟其他行業<u>相比</u>，金融業的壓力是很大，但我是學金融的，不做這一行要做哪一行？

3. <u>就我所知</u>，年終獎金是一定有的，另外還會分紅！

4. 賣得這麼便宜，不是<u>虧大了</u>嗎？

5. <u>你有所不知</u>，這樣做可以表現我們公司做生意的態度，而且也可以進一步看清我們的問題，以後就能避免犯同樣的錯。

肆　教學補充資源

📝 網路溫度計

https://dailyview.tw/Search?page=1&keyword=幸福企業

📝 104 人力銀行企業品牌大賞

https://www.104.com.tw/employerbrand/

<table>
<tr><td>LESSON
8</td><td>第 8 課
裁員風波</td></tr>
</table>

壹 教學目標

能描述自身在職場遇到的突發狀況

能與律師溝通請求協助

能說明法律條文、強調重點

能針對對方疑慮提出具體解決方法

貳 教學重點

教師課前準備工作

　　本課的商務情境是企業裁員，可學習解雇、資遣、轉職等相關詞語，解釋法條規定或說明實際情況的句式（如語言點 2、4）、尋求協助的句式（如語言點 1、3）。內容方面可朝法律協助、資遣方案等方向蒐集素材。

教學步驟（進行方式）

　　一課上完大約八到十個小時。（視老師的安排和各班的學習情況而定）

│ 暖身（提問並帶出相關生詞）│

　　碰到公司或企業裁員，你第一件想到的事是找新工作嗎？碰到自己被裁員的情況，一般員工要怎麼做才能自保？

｜課前準備｜

　　把五題是非題瀏覽一遍，如遇到生詞簡單講解一下即可。播放音檔，請學生不要看課文，僅根據是非題的文字敘述或做筆記來掌握對話的大意。播放結束以後，檢討是非題的答案，當學生不確定對或錯時，請先擱置不需立刻回答，等上完對話後學生可以自己找出答案。

｜回答問題｜

　　利用對話後的五個問題來提問。若學生回答不出來，先提示關鍵詞語，來引導學生抓住正確的訊息；接下來再進一步要求學生說出完整的句子。

｜生詞、課文｜

　　請學生跟著老師一起唸詞語表，以提問或請學生以中文解釋的方式來確定其能了解生詞的意思。若學生無法解釋，再由教師說明講解重點生詞。提問時可設定數個子題，環繞一個主題帶出生詞。教師也可問學生有沒有哪個生詞有意思或用法上的問題，若有，即協助學生理解。請學生輪流唸課文，以提問或請學生以中文解釋的方式來確定其能了解意思。帶領過課文後再核對是非聽力的答案。帶領學生做課本上的語言點練習題。最後再播放一次錄音，並回答課本上的問題。

｜四字格教學｜

　　給予學生情境，或可跟生活經驗連結的例子，讓學生使用四字格來回答。或是給予補充用法及例句，讓學生更熟悉四字格。

1. 共體時艱
　　問：最近景氣不好，你們的薪水會受影響嗎？（共體時艱、配合、減薪）
　　參考答案：公司希望我們能共體時艱，配合減薪的政策，所以多少會受影響。

｜個案分析｜

　　完成討論以後，利用角色扮演分組活動來練習口語能力。將學生分成兩兩一組，鼓勵學生使用本課生詞進行對話。其中一個學生扮演被裁掉的員工，必須向公司主管提出至少兩種被裁員者所希望獲得的幫助或補償。另一個學生扮演公司主管，必須向下屬說出裁員的理由，以及提出合理的資遣方式。

　　案例 1 補充：1995 年之後有「網際網路泡沫」（又稱互聯網泡沫）的情形，這是因為新興網路企業與科技業股價飆升，吸引投機客炒作股市，最後導致網路公司崩盤倒閉，科技股和相關產業也受到嚴重的打擊。

│課室活動│

　　請學生很快地瀏覽一遍課本上 A~F 的敘述文字。播放音檔兩次，學生邊聽邊選出合適的選項。在螢幕上或白板上公佈答案。最後再播放一次音檔，全班一起邊聽邊對答案。接下來可直接進入討論部分。

　　討論題：資遣和離職的情況有千百種，但是都一樣不好處理，所以更應該好好處理。藉由本主題的討論，讓學生思考離職時的「職場禮儀」，可說是跟了解自保的法律問題一樣重要。

📖 詞彙補充說明

1. 過失：常用在法律上，指能注意卻沒注意到的過錯。【搭配】醫療過失、業務過失。【例】如果員工沒有重大的業務過失，老闆就不能隨便叫人走路。

2. 粗糙：此處有隨便、不管別人感受的意思。【搭配】手法粗糙。【例】廣告手法太粗糙的話，是達不到促銷效果的。

3. 安置：指工作上的調動和安排。【搭配】安置員工。【例】這家公司結束營業以後，還要面對安置員工的問題。

4. 迴避：指躲開、避開，目的是避免不必要發生的誤會。【搭配】迴避敏感的問題或案子。【例】趙經理迴避了這次人事升遷的提案，因為其中一個人是他的親戚。

5. 強制：法令上規定或要求。【例】法律強制企業都要替員工保險。

6. 予以：給予。【搭配】予以支持、予以表揚、予以警告。【例】公共運輸漲價的話，市民恐怕不會予以支持。

7. 波及：影響到本來沒有關係的人或事。【例】工廠突然發生火災，波及四周無辜的居民。波有往外擴散之意。

8. 勞工的籌碼太少了：比喻勞工手上沒什麼談判的交換條件，強調勞工是處於弱勢的地位，爭取不到太多實質的利益。

📖 重要語言點解說

· 語言點 4：「不要說…，倘若真的…」用來說明機率很小，以及最壞的情況發生時該如何處理。此處是用來安慰對方不必過度擔心。請看以下的例子：

　　小方：我打算請長假出國旅行，機票都訂好了，就怕突然有案子進來。

　　大偉：你就放心請假吧！不要說你已經累積了那麼多假，倘若真的突然有案子進來，跟大家協調一下就好了。

參 練習解答

課前準備-聽力練習

1. F　　2. T　　3. F　　4. F　　5. F

回答問題：請根據對話，回答下面問題

1. 照護中心老闆裁員的理由是什麼？

　　答：現在公司面臨資金危機，必須縮減編制，減少照服員。

2. 律師說，趁還沒被解雇以前，員工可以做些什麼來自保？

　　答：可以勤做工作紀錄，供將來舉證之用。只要沒有不勝任這個工作的證明，公司也不能拿他們怎麼樣。

3. 我國法律規定，雇主必須做哪些迴避解雇的努力以後，才可以裁員？

　　答：法律規定，雇主必須先考量有沒有其他工作可以安置員工、考慮將員工調職或轉任到關係企業等公司工作，或盡力採取迴避解雇的措施，例如：停止招募新人、停止雇用臨時工、解除外包契約來增加工作機會、減薪、徵求自願提前退休者等，然後才可以裁員。

4. 根據最高法院的規定，公司可以資遣屆齡退休的員工嗎？

　　答：我國最高法院認為雇主對於已符合退休條件的勞工，只能強制其退休而不得予以資遣。這個時候，公司同樣也不能資遣即將屆齡退休的員工。

5. 倘若真的遭到非法解雇，這個員工可以怎麼做？

　　答：倘若真的遭到非法解雇時，可以向法院提起確認雇傭關係存在的訴訟，也可請求公司給付拒絕受領勞務期間的工資。如果害怕跟老闆撕破臉或不想走法律途徑，也可先向公司所在地的勞工行政主管機關申請調解，避免曠日費時的訴訟程序。

語言點練習題（參考答案）

1. …忽然被（公司）告知…

我昨天突然被公司告知<u>因為人手不夠</u>，必須把我調到另一個部門。

　(1) 那個新人忽然被公司告知<u>試用期要延長一個月</u>，讓他覺得不合理。

　(2) 員工今天忽然被公司告知<u>由於連續兩年虧損嚴重</u>，所以這個月起希望大家配合減薪。

2. …規定…，尤其是…，一定要…

當然可以啊！勞基法規定，工讀生加班也要算加班費，尤其是<u>假日加班時</u>，一定要<u>比平日的時薪多一倍</u>。

⑴ 你放心。消保法規定，在網路商店購物七天以內都可以退換，尤其是<u>有問題的瑕疵品</u>，一定要<u>讓消費者退換貨</u>。

⑵ 是的。法律規定，不管公司大小，勞工都有法律上的基本保障，尤其是<u>勞健保</u>，一定要<u>請公司辦理</u>。

3. 真的沒想到…，我們該怎麼自保？

我們公司請這家工廠生產食品，真的沒想到<u>廠商會使用過期的原料，讓我們公司的信用也受到影響</u>，我們該怎麼自保？

⑴ 真的沒想到<u>上司要求我們購買產品來提高業績，如果不配合的話就要走路</u>，我們該怎麼自保？

⑵ 真的沒想到<u>公司會故意倒閉，並使六百名員工失去工作</u>，我們該怎麼自保？

4. 不要說…，倘若真的…

不要說客戶不可能這樣要求，倘若<u>真的如此，我們也可以表達我們有困難啊</u>！

⑴ 那只是小道消息罷了。不要說公司的營運狀況很穩定，倘若真的要裁員，<u>你有專業技術，就不用太擔心</u>。

⑵ 不要說這款新產品的價錢很有競爭力，倘若真的市場反應不佳，<u>也可以退還給我們</u>。

補充說明

小道消息：指的是還沒有經過證實的消息。

📖 個案分析（參考答案）

1. （參考答案）

案例一：公司對被裁掉的員工提供學習津貼和補助，讓他們還可以有後路。另一方面給留下的員工休假的福利，也是一種讓公司和員工暫時度過困難的方法。

案例二：高層減薪，但基層員工維持不變，雖然必須犧牲一部分員工的薪水，但可以照顧到所有員工的生活所需。

2.（參考答案）

身為上司，可以私下、清楚跟部屬說明公司的決定，並協助公司把相關規定傳達給下屬，最重要的是主動關心部屬的生活及家庭狀況。

3. 這一題請學生發表自己的想法。

課室活動（參考答案）

一、請從 A~F 中選擇合適的選項填入空格

1. F　2. C　3. D　4. A　5. B

二、討論

請學生就個人經驗自由發揮。

聽力文本

1. 別想太多。有的人是因為公司組織縮編或重整而被裁掉。更多的情況是只要老闆看不順眼就拜拜了。工作久了就知道，資遣是很常見的事。

2. 沒那麼嚴重啦！在外商工作的話，多數人都是領到一筆資遣費，再無縫接軌到下一間公司，繼續開心過日子。

3. 我們部門今年就好多人被資遣，包括管理階層的。被資遣跟考績沒太大關係，薪水太高、年紀太老也可能會被資遣，公司要資遣人多的是藉口。

4. 那些說要員工檢討自己的人，可能從沒遭遇過這種不公平的事情吧！現在的主管喜歡雞蛋裡挑骨頭，我真的很怕沒有理由就被解雇。

5. 我是在公司專心寫專案時，就忽然被通知資遣了。接著就被帶去辦離職，拿了張非自願離職證明。當時在現場我一直保持冷靜，回家後才感覺到焦慮不安。

學生作業簿

一、請將框框中的詞語填入下面的句中，填入代號 a-j 即可

1. j　2. b　3. f　4. h　5. i　6. c　7. g　8. a　9. e　10. d

｜二、請在空格中填上正確的字｜

1. 夕　2. 曠　3. 從　4. 聚　5. 鬥　6. 腳

｜三、選擇適當的詞填入句中｜

1. B　2. B　3. C　4. A　5. A

6. C　7. A　8. B　9. B　10. C

｜四、請將以下詞語放在句子裡的正確位置，用「/」表示｜

那個品牌<u>毋庸置疑</u>已經成為該產業的龍頭了。

1. 最近有人聽到<u>風聲</u>公司可能會裁員。

2. 我們公司在當地共有八百多家<u>登記在案</u>的連鎖分店。

3. 年滿六十五歲的勞工，公司應該予以<u>屆齡</u>退休。

4. 王森從<u>基層</u>員工開始做起，一步一步升到經理的職位。

｜五、利用括弧的提示完成對話｜

1. 王經理剛剛被裁掉了，我們都很<u>震驚</u>。

2. 別擔心，<u>關關難過關關過</u>，我們只要盡力去完成就對了。

3. 唉，我們公司<u>無預警</u>地倒閉了，因此我就失業了。

4. 不至於常常，但談重要的生意時應酬是<u>無可避免</u>的。

5. 有什麼辦法？公司說景氣不好，要我們<u>共體時艱</u>。

肆 教學補充資源

✏ 參考影片

《華麗上班族》，以 08 年金融危機為故事背景的華語電影，電影中環繞職場明爭暗鬥、升職、應酬、裁員等主題。

LESSON 9

第9課
老闆與老闆娘

壹 教學目標

能詳述自己遇到的困境
能描述自己工作場域的管理模式
能分析不同管理模式的優缺點
能針對不同狀況提出因應方式

貳 教學重點

✏ 教師課前準備工作

本課的商務情境是在臺灣私人公司工作。上課前,教師可朝職場組織、運作、制度等方向尋找素材。可先看看以下這些文章,以了解臺灣公司的經營型態或特色。

1. 進中小企業,當自強! http://www.cheers.com.tw/article/article.action?id=5023370

2. 女性工作 http://women.nmth.gov.tw/information_84_39857.html

3. 倒閉老闆心聲:不是我想苛刻勞工,但愈想守法,虧損就愈大 http://www.businessweekly.com.tw/article.aspx?id=19299&type=Blog

4. 從台灣企業經營的問題,你看到自己的問題了嗎 http://clarkchen.pixnet.net/blog/post/180903342-從台灣企業經營的問題,你看到自己的問題了

5. 從大陸企業經營者看台灣企業經營 http://mymkc.com/article/content/22333

6.厭世代：低薪、貧窮與看不見的未來 https://www.thenewslens.com/feature/millenial-angst/
67094

教學步驟（進行方式）

一課上完大約八至十個小時。（視老師的安排和各班的學習情況而定）

暖身（提問並帶出生詞）

請想像一個畫面，男老闆旁有個處處幫助她的女人，你想這個女人的身分是什麼？

你覺得台灣的公司／補習班跟你們國家的有什麼不同？你認為／聽說台灣的老闆／補習班
老闆（娘）跟你們國家的有什麼不同？

課前準備

教師先給學生三分鐘的時間看一眼課本聽力是非題的題目。播放一次課文聽力，要求學生
先聽完一遍，掌握大意。等播放第二遍時再針對內容作答。提醒學生若聽到沒學過的生詞跳過
即可，不要糾結在同一個地方。給學生五分鐘作答。

回答問題

上完課文後，可請學生回家先準備語言點前的五個問題。上課時請學生輪流回答，若學生
回答不出來，先提示關鍵詞語，來引導學生抓住正確的訊息；接下來再進一步要求學生說出完
整的句子。

生詞、課文

請學生跟著老師一起唸詞語表，以提問或請學生以中文解釋的方式來確定其能了解生詞的
意思。若學生無法解釋，再由教師說明講解重點生詞。提問時可設定數個子題，環繞一個主題
帶出生詞。教師也可問學生有沒有哪個生詞有意思或用法上的問題，若有，即協助學生理解。
請學生輪流唸課文，以提問或請學生以中文解釋的方式來確定其能了解意思。帶領過課文後再
核對是非聽力的答案。帶領學生做課本上的語言練習題。最後再播放一次錄音，並回答課本上
的問題。

四字格教學

給予學生情境，或可跟生活經驗連結的例子，讓學生使用四字格來回答。或是給予補充用
法及例句，讓學生更熟悉四字格。

1.勾心鬥角

師參考提問：如果你辦公室裡的同事互相勾心鬥角，你會怎麼做？

參考回答：我最不喜歡跟人勾心鬥角，所以我不會加入，會離他們遠一點。

2. 斤斤計較

　　師參考提問：你對什麼事比較容易斤斤計較，而對什麼事比較無所謂呢？

　　參考回答：我對吃進的食物有多少卡路里（熱量）斤斤計較，對錢的事比較無所謂。

3. 說來話長

　　師參考提問：為什麼你選擇來台灣學中文呢？

　　參考回答：這事說來話長啊！有空再跟你說。

4. 井水不犯河水

　　師參考提問：對於什麼樣的人你認為最好井水不犯河水？

　　參考回答：喜歡跟人勾心鬥角，且什麼事都斤斤計較的人。

5. 惱羞成怒：教師可以補充「因『下不了台』而生氣」。

6. 一言不合：教師可以補充此詞語後面常接「就打起來了」之類的情境。

7. 公私分明

　　師參考提問：如果你與你的另一半在同一間公司，你能夠做到公私分明嗎？

8. 無所適從

　　師參考提問：什麼樣的情況會讓你感到無所適從呢？

　　參考回答：當老師教的跟課本上寫的不一樣時。

9. 白手起家

　　師參考提問：你認為你可能白手起家嗎？

　　參考回答：在二十年前可能，現在這個社會已經很難白手起家而成功的了。

10. 朝令夕改

　　師參考提問：你的國家的政策常朝令夕改嗎？人民的反應如何？

　　參考回答：還好，不太會出現朝令夕改的情況。

｜個案分析｜

　　除了課本已列的題目與問題以外，教師亦可視時間多進行一些引導提問，例如：你所知道的補習班是什麼樣的性質？內部有多少母語者老師？多少外籍老師？你認為外師的薪資比較高是合理的嗎？

課室活動

1. 教師須事先讓學生回家準備這個報告，再一個個上台演說。

2. 教師可自己也準備台灣的例子，例如「福華飯店」就是有名的家族企業。其創辦人的九個兒子各有所長，有的精通財務，有的精通商業貿易，甚至也有藝術家兒子做了許多畫掛在飯店中當裝飾。
   參考資料：https://www.cw.com.tw/article/article.action?id=5038269

詞彙補充說明

1. 跳槽：【用法】自己離開現在的公司，去另一間工作。【例】過年後許多人都跳槽到待遇更好的公司了。另外老師可補充「水槽」、「洗手槽」等詞。

2. 教材：【用法】教學時所使用的材料。老師可補充「教具」一詞。

3. 討好：【用法】為了某個目的，做些事讓另一個人開心。【例】王小姐去幼稚園辦活動，她準備了很多糖果好討好小孩子。另外老師可補充「拍馬屁」、「狗腿」等詞。

4. 是非：【用法】原指事情的對錯，也可指爭吵，本課為後者。【例】林先生因不習慣面對辦公室同事間的是非而離職，自己在家工作。另外老師可補充「是非題」一詞。

5. 外師：外籍教師。

6. 假想敵：【用法】心中想像出來的對手、競爭對象。【例】能力越強的人越容易被人當成假想敵。另外，在教「假想敵」一詞時，老師可先要求學生從字面上猜意思，再問學生曾將誰設為假想敵。

7. 酸言酸語：【用法】指諷刺、讓人聽了不舒服的話。老師可補充「冷言冷語」、「冷言酸語」、「話中有話」等詞。【例】「你怎麼這麼閒」、「我沒有你有那麼多的美國時間」等說法都算是酸言酸語。

8. 鐘點：【用法】小時。老師可補充「鐘點費」一詞。【例】哪些工作的薪水是以鐘點來計算的？

9. 夾：【用法】由兩側向中間施力。在教「夾」一詞時，老師可上網 google「夾子」一詞的圖片，解釋凡向中夾起的工具都稱為夾子，如隱形眼鏡夾、曬衣夾、檔案夾等，及形容政策大幅轉變的詞彙「髮夾彎」。另外補充「皮夾」一詞。最後補充「夾」當動詞用，如吐司夾生菜、手被門夾到、兒子被婆媳夾在中間成了夾心餅乾等情況。

10. 為難：【用法】遇到不知如何解決的事情時的心情。【例】從小父母意見不一樣時，孩子總夾在中間很為難，不知要聽父親或母親的話。

11. 他校：【用法】其他的學校。【例】林老師下學期起就不在本校教書，而是轉至他校擔任系主任了。

12. 麻木：【用法】指失去感覺。【例】由於公司常以各種名義扣錢，對於扣錢這件事，員工們早已麻木了。在教「麻木」一詞時，教師可先補充「麻」的情況，如頭靠在手臂上睡太久，結果手就沒感覺了。另外教師亦可問學生對什麼事物已感到麻木。

13. 人情：【搭配】欠人情、還人情、人情債、人情味。

✏ 重要語言點解說

· 「暗地裡互相較勁的那些情況，我都還應付得來。」：「還應付得來」指雖然人事麻煩、很多，但還算是可以處理。【例】雖然我們這組有個同事最近請病假，但每個人多分擔一些她的工作，一切就還應付得來。

參 練習解答

✏ 課前準備-聽力練習 1

1. T　2. T　3. F　4. T　5. T

✏ 回答問題：請根據對話 1，回答下面問題

1. 傑克想跳槽的原因是什麼？
    答：因為他工作的那家補習班快倒了。

2. 蘿拉老闆的管理方式是什麼？
    答：是家族企業的管理方式。

3. 蘿拉的老闆娘在公司負責哪些事務？
    答：財務、教材的選用、排課等大小事。

4. 為什麼大家都想討好老闆娘？
    答：為了能接到比較多的課。

5. 家族企業是什麼意思？有什麼缺點？

　　答：家族企業是由家人或有親屬關係的人一起經營管理的企業。缺點是缺乏制度，容
　　　　易因為情緒影響工作。

📕 語言點 1 練習題（參考答案）

1. …也好不到哪兒去。…

　　小李：自從你離開公司之後就沒你的消息了，最近怎麼樣？新工作還順利嗎？

　　阿文：<u>唉！別提了</u>，新公司<u>也好不到哪兒去</u>，每天累得跟狗一樣。

　⑴ 怡君：我這陣子很缺錢，你方便借我一點嗎？

　　　雅維：<u>其實我也好不到哪兒去</u>。<u>我的工作做到這個月底，下個月的房租還不一定付</u>
　　　　　　<u>得出來</u>。

　⑵ 經理：下星期得找個人接待美國來的客人，小慧的英文程度不好，讓圓圓來做好
　　　　　　嗎？

　　　組長：<u>老實說圓圓的英文也好不到哪兒去</u>。<u>上次我找她翻譯文件，沒想到百分之四</u>
　　　　　　<u>十都是錯的</u>。

　⑶ 秀秀：唉！經濟不景氣，我們公司生意不好，老闆一直裁員。

　　　老馬：<u>我們公司也好不到哪兒去</u>。<u>老闆已經三個月沒發薪水了</u>。

2. 這樣一來，…應該…吧！

　　小張：我老闆今天宣布因一連幾個月的生意都不好，從下個月起薪水將降百分之十。

　　媽媽：<u>這樣一來，員工們應該都很不高興、想跳槽了吧</u>！

　⑴ 文清：我打算下個月起提高產品的售價。

　　　思雲：<u>這樣一來</u>，<u>有些老顧客就不會再繼續購買了吧</u>！

　⑵ 觀慧：公司有了一條新規定，就是在辦公室裡不能談戀愛。

　　　冠語：<u>這樣一來</u>，<u>我就不能公開地跟美美說我喜歡她了吧</u>！

　⑶ 店長：附近新開了幾間飲料店，跟我們賣的差不多。

　　　老闆：<u>這樣一來</u>，<u>我們有許多客人會被他們吸引走了吧</u>！

3. 算了吧！…就是這樣

可欣：自從開始在這工作以來，我每天都準時來上班，從來沒遲到過就只有今天晚到 15 分
鐘，就被組長罵了一頓，真不公平。

怡文：算了吧！組長就是這樣，你生氣也沒用。

(1) 小平：在這工作三年都沒調薪，老闆不主動加，那我們開會時提一下吧？

麗麗：算了吧！我們的老闆就是這樣小氣，提了也不可能調薪的。（老闆小氣）

(2) 心如：明明就不是我的錯，卻得要我跟客人道歉，真是太不合理了。

華華：算了吧！服務業就是這樣，永遠是「顧客至上」。（服務業「顧客至上」）

(3) 明依：不管我換新髮型還是穿了新衣服，我男朋友都沒感覺，真是一點都不在乎
我。

若藍：算了吧！別生氣了，男人就是這樣。

課前準備-聽力練習 2

1. F 2. F 3. T 4. F 5. T

回答問題：請根據對話 2，回答下面問題

1. 傑克想離職的理由是什麼？

答：因為財務問題，補習班發不出薪水了。

2. 傑克老闆的管理方式是什麼？

答：傳統的權威式管理。

3. 員工們對於老闆所提的新政策抱著什麼態度？

答：對老闆提的新策略，員工當作是「當月主打」，沒人認真做。

4. 傑克說他老闆頂不住什麼事？

答：因為一口氣開了三家分校，到現在已經積欠了三個月的薪水了。

5. 關於發不出薪水的事，老闆怎麼跟員工說？

答：老闆要員工體諒，說大家都在同一條船上，要一起度過這難關。

🪧 語言點 2 練習題（參考答案）

1. 表面上…，暗地裡…
表面上他在市場賣菜，<u>暗地裡卻是在做些不合法的生意</u>。

(1) <u>表面上她熱心助人</u>，暗地裡她卻做了許多壞事。
(2) 明華很同情樂顏的家庭環境，表面上他很冷漠，暗地裡為她解決一些經濟上的困難。
(3) 那間公司表面上<u>專辦海外遊學</u>，暗地裡也幫人移民海外。

2. A 說了算
Q：在你的公司常是誰來決定事情的呢？
A：<u>因為老闆住在國外，所以公司大大小小的事都是總經理說了算</u>。

(1) 在你家誰可以做決定呢？
<u>在我家是媽媽說了算</u>。
(2) 在你們國家誰的權力最大呢？
<u>在我們國家是人民說了算</u>。
(3) 拍電影時，出錢的老闆、當紅的演員、導演等同時在現場，大家得聽誰的話呢？
<u>通常是出錢的老闆說了算</u>。

3. 和…相比，…比較…
Q：臺灣的農產品和你們國家的有什麼不一樣嗎？
A：<u>臺灣的水果種類和我們國家的相比，臺灣的比較多</u>。

(1) 關於社會福利，臺灣和你們國家有什麼不一樣嗎？
<u>臺灣和我們國家相比，臺灣比較重視人民的健康，政府願意花更多的經費在健康保險上面</u>。
(2) 你們公司與朋友他們的公司有哪些不同呢？
<u>和朋友他們的公司相比，我們公司的上下班時間比較彈性</u>。
(3) 請比較兩個人（明星、老師、前男／女友…）。
<u>我們老師跟別班的老師相比，我們老師的教學方式比較活潑</u>。

🖉 個案分析（參考答案）

1. 從開會對話中，你覺得這個公司是家族企業的管理模式嗎？誰是掌權的人？

   答：這是家族企業的管理模式，掌權的人是老闆娘。

2. 請討論這種管理模式的優缺點。（學生自由發揮）

   答：優點：員工與老闆的關係較緊密，員工的內心對公司能較有歸屬感。

   缺點：當員工遇到一些問題時，沒有管道可向上投訴。

3. 要解決會議中的問題，以下哪個解決方法較佳？請以老闆的角度來思考。（學生自由發揮）

   A. 老闆每個禮拜多支付四至六個小時的鐘點費，讓較有經驗的 Naomi 和張志中一邊教一邊寫出完美的教案。

   B. 請一個短期、專業的人來寫教案，然後訓練一致的教法。

   C. 老闆在書店買教師手冊，要老師們按照書上來教。

   D. 其它（請說明）

   答：我認為 B 的解決方法較佳，又快又省力，也能減少員工內心的抱怨。

4. 如果你要開一家小型的語言補習班，需要考慮什麼？

   A. 補習班的語言課程：中文、英文、法文、日文、韓文、西班牙文、德文，其它：＿＿＿＿
   ＿＿＿＿＿＿＿＿＿＿＿＿＿＿＿＿＿＿＿＿＿＿＿＿＿＿＿＿＿＿＿＿＿＿＿＿＿＿＿

   B. 地點：＿捷運站附近＿ 理由：＿交通方便＿

   C. 需要哪些設備：影印機、白板、電腦、投影機、電話、飲水機

   D. 請幾個老師：(1) 本土教師：＿2＿個。理由：一半本土教師，一半外籍教師，較均衡。
   (2) 外籍教師：＿2＿個。理由：一半本土教師，一半外籍教師，較均衡。

   E. 怎麼選教材：教師自編、書店現有教材

   F. 其它考量因素：＿＿＿＿＿＿＿＿＿＿＿＿＿＿＿＿＿＿＿＿＿＿＿＿＿＿＿＿＿＿＿

🖉 課室活動（參考答案）

學生自由發揮。

🖉 學生作業簿

一、鈴木先生與 Cindy 在咖啡廳聊天，請聽他們的對話，試著判斷下面敘述的正確性。對的寫 T；錯的寫 F。

1. F　2. F　3. T　4. T　5. F

聽力文本

（背景：鈴木與 Cindy 在咖啡廳聊天）

鈴木：　Cindy，自從補習班倒閉以後，我們就各走各的，好久都沒你的消息了，這陣子過得怎麼樣？

Cindy：抱歉突然約你出來，是有事情想請教一下。

鈴木：　沒關係，你就直說吧！有我可以幫得上忙的肯定幫。

Cindy：真謝謝你。我想請問你現在的學校是否有缺人？我剛被老闆通知做到這學期結束，所以急著找份工作。

鈴木：　啊！真遺憾。我們補習班目前是沒缺人，但聽說有一兩位老師打算回國了，我可以幫你問問。

Cindy：那就麻煩你了。請問同事間的情況怎麼樣呢？你工作得還開心嗎？

鈴木：　說實話，不太開心。我不太習慣同事間勾心鬥角、大家都想討老闆跟老闆娘歡心的情況。另外可能因我是個外師，感覺本土老師都拿我當假想敵。

Cindy：你跟我一樣都不是一個會去討好別人的人，我們這樣的個性很吃虧。方便問薪水嗎？

鈴木：　我們這是小補習班，家族企業，薪水不高，勉強過日子而已。

Cindy：謝謝你告訴我這些寶貴的資訊，看來我得再多找找別的工作機會比較好。

二、完成對話：請從⑴-⑹中選擇適合的話，完成下面的對話

例.⑷　1.⑴　2.⑸　3.⑵　4.⑶　5.⑹

三、連連看：請將可以搭配的詞連起來

1.d　2.a　3.f　4.c　5.e　6.b

造句參考

1.員工都想<u>獲得</u>老闆的信賴。

2.老闆娘常常買飲料來<u>慰勞</u>員工。

3.他在開會時<u>反駁</u>我的意見。

4.老闆不應該<u>積欠</u>薪水。

5.我們都在同一條船上，要一起<u>度過</u>這難關。

四、選擇適當的詞填入句中

1. B　2. B　3. C　4. A　5. C

五、請把左欄中的詞語放進右欄中的成語

1. a　2. d、b　3. e、c

六、用提示改寫句子

1. 那間店<u>表面上</u>是一家普通的餐廳，但<u>暗地裡</u>卻偷偷在賣違法的東西。

2. 在傳統的華人家庭中，是年紀越大的人<u>說了算</u>。

3. 很多人過了 30 歲以後，對找對象這件事，<u>和外表相比</u>，通常是認為有一份穩定的工作<u>比較</u>重要。

七、請將框框中的詞語填入下面的句中，填入代號 a-i 即可

1. g　2. b　3. h　4. c　5. f　6. d　7. e　8. i　9. a

1. 小王早上去跟客戶簽約，沒想到為了小事<u>一言不合</u>就打起來，不但約沒簽成，回來後還丟了工作。

2. 王老闆常要求員工加班，但不忙時也不讓員工提早下班；遲到會扣錢，加班費卻<u>斤斤計較</u>。因此，員工都做不久就離職了。

3. 小美的男友雖然是她的主管，但他<u>公私分明</u>，上班時間只談工作，下班後才談感情。最近有人聽到風聲公司可能會裁員。

4. 為什麼她突然放棄準備那麼久的計畫？這其中的原因<u>說來話長</u>，我現在趕著去上班，以後再跟你說。

5. 大家一直拿她犯的錯開玩笑，她<u>惱羞成怒</u>地發了一頓脾氣。

6. 老闆的要求<u>朝令夕改</u>，讓設計師白做了許多事，感到不被尊重。

7. 補習班老師說的和學校老師教的不一樣，讓學生們<u>無所適從</u>，不知道誰說的才是對的。

8. 他剛移民到這裡的時候人生地不熟，沒有任何資源，全靠自己<u>白手起家</u>，開了一家餐廳，才有今天富裕的生活。

9. 他不想再像以前那樣在辦公室過著每天和同事勾心鬥角的日子，所以選擇辭職，在家經營網路購物的生意。

肆 教學補充資源

請上網或利用字典，向同學解釋下面的話是什麼意思？以及說出你的經驗或看法。

「計畫永遠跟不上變化，變化比不上老闆的一句話」

指這世界變化的速度永遠比所計畫的還要快，但老闆的想法改變的速度卻更快。無論員工做了多詳細的計畫，過了幾天以後，可能老闆又說了哪裡需要調整，永遠沒有定數。

當東方遇到西方 West meets East

你認為東西方管理模式差異有哪些？請分組討論並寫下情形。

	東方	西方
例	較重視個人的成就	較重視團隊精神
例	家族企業多	
1.		
2.		
3.		

閱讀

值得中國人學習的麥當勞管理模式——麥當勞

麥當勞的人力資源管理有一套標準化的管理模式，這套管理模式具有鮮明的獨特性。

· 不用天才與花瓶

　　麥當勞不用所謂「天才」，因為「天才」是留不住的。在麥當勞裡取得成功的人，都得從零開始，腳踏實地工作，炸薯條、做漢堡包，是在麥當勞走向成功的必經之路。……麥當勞請的是最適合的人才，是願意努力工作的人，腳踏實地從頭做起才是在這一行業中成功的必要條件。在麥當勞餐廳，服務員的長相也大都是普通的，還可以看到既有年輕人也有年紀大的人。與其他公司不同，人才的多樣化是麥當勞的一大特點。

- 培訓模式標準化

  麥當勞的員工培訓，也同樣有一套標準化管理模式，麥當勞的全部管理人員都要學習員工的基本工作程式。培訓從一位新員工加入麥當勞的第一天起，與有些企業選擇培訓班的做法不同，麥當勞的新員工直接走向了工作崗位。每名新員工都由一名老員工帶著，一對一地訓練，直到新員工能在自己的崗位上獨立操作。……

- 晉升機會公平合理

  在麥當勞，晉升對每個人都是公平合理的，適應快、能力強的人能迅速掌握各個階段的技術，從而更快地得到晉升。面試合格的人先要做 4－6 個月的見習經理，期間他們以普通員工的身份投入到餐廳的各個基層工作崗位，如炸薯條、做漢堡包等，並參加 BOC 課程（基本營運課程）培訓，經過考核的見習經理可以升遷為第二副理。……

文章來源：http://tw.gigacircle.com/4379131-1

根據文章內容何者正確？請在（　）打✓

（　）比起一個很聰明的人，麥當勞更想要一個願意從頭做起、努力工作的人當員工。

（　）為了市場需求，麥當勞的員工都是年輕人。

（　）進入麥當勞，得先經過嚴格的訓練才能開始工作。

（　）若員工夠努力、能力夠強，很快就能升級。

＊參考解答：第一個和第四個。

📝 參考資源

⊙ 文章資訊：企業管理不得不看的 5 部電影 https://read01.com/LO3gJ.html#.WchJSrJJb3g

電影推薦 1：《在雲端》

電影推薦 2：《美好人生》

電影推薦 3：《穿普拉達的女王》

電影推薦 4：《墨攻》

電影推薦 5：《兵臨城下》

⊙ 另，推薦電影：《高年級實習生》

LESSON 10

第 10 課
人往高處爬

壹 教學目標

能描述工作性質
能分析事理與事情的優劣
能從不同角度勸說他人
能詳細敘述對新工作的期望

貳 教學重點

教師課前準備工作

本課的商務情境是面對高薪挖角。上課前，教師可朝同業挖角、職場道義等方向尋找素材。另也可先看看以下這些文章或影片。

1. 如何面對高薪挖角？http://www.cheers.com.tw/article/article.action?id=5025317

2. 讓獵人頭挖角你，需要有什麼條件嗎？http://www.cheers.com.tw/article/article.action?id=5082812

3. 一個獵頭「挖角」的真心話：老東家沒有你是一時不便，但錯過跳槽機會是你終身遺憾 http://www.businessweekly.com.tw/article.aspx?id=18117&type=Blog

4. 問自己三件事 再決定要不要跳槽 http://www.businessweekly.com.tw/article.aspx?id=3053&type=Blog

5. 想跳槽，10 件你該做的事 http://www.cheers.com.tw/article/article.action?id=5034521

6. 優秀員工等老闆加薪，還不如跳槽！小心公司的制度，正在把人才往外推 https://www.managertoday.com.tw/columns/view/53684

教學步驟（進行方式）

一課上完大約八至十個小時。（視老師的安排和各班的學習情況而定）

暖身（提問並帶出生詞）

你認為你會被獵人頭公司挖角嗎？你具備什麼條件讓人想挖角？工作多年，老闆卻遲遲不加薪，你會想跳槽嗎？現在的老闆跟同事都對你很好，但目前別家公司有更好的薪水，離家也更近，你會想跳槽嗎？

課前準備

教師先給學生三分鐘的時間看一眼課本聽力是非題的題目。播放一次課文聽力，要求學生先聽完一遍，掌握大意。等播放第二遍時再針對內容作答。提醒學生若聽到沒學過的生詞跳過即可，不要糾結在同一個地方。給學生五分鐘作答。

回答問題

上完課文後，可請學生回家先準備語言點前的五個問題。上課時請學生輪流回答，若學生回答不出來，先提示關鍵詞語，來引導學生抓住正確的訊息；接下來再進一步要求學生說出完整的句子。

生詞、課文

請學生跟著老師一起唸詞語表，以提問或請學生以中文解釋的方式來確定其能了解生詞的意思。若學生無法解釋，再由教師說明講解重點生詞。提問時可設定數個子題，環繞一個主題帶出生詞。教師也可問學生有沒有哪個生詞有意思或用法上的問題，若有，即協助學生理解。請學生輪流唸課文，以提問或請學生以中文解釋的方式來確定其能了解意思。帶領過課文後再核對是非聽力的答案。帶領學生做課本上的語言點練習題。最後再播放一次錄音，並回答課本的問題。

四字格教學

給予學生情境，或可跟生活經驗連結的例子，讓學生使用四字格來回答。或是給予補充用法及例句，讓學生更熟悉四字格。

1. 人往高處爬：教師可補充「水往低處流」的說法。

2. 讚不絕口

　　師參考提問：什麼事讓你讚不絕口呢？

　　參考回答：我吃過餐廳-鼎泰豐，除了我以外，吃過的人都讚不絕口，難怪那麼有名。

3. 夢寐以求

　　師參考提問：什麼是你夢寐以求的事？

　　參考回答：能把中文說得跟台灣人一樣好是我夢寐以求的事。

4. 亂槍打鳥

　　師參考提問：對於找工作或找另一半，你同意亂槍打鳥容易成功嗎？

　　參考回答：我同意，畢竟機會比較高。

5. 每況愈下：教師可解釋雖然許多人會使用「每下愈況」，但若要形容情況越來越糟，應該還是得用「每況愈下」才是正確的。

6. 人心惶惶：教師可舉例曾有人預言 2012 年 12 月 21 日是世界末日，當時人心惶惶的情況。

7. 獅子大開口：教師可舉例有些房東會看那租出的店面生意好而獅子大開口地大漲房租。

8. 一路走來：教師可在後面補充「始終如一」的用法。

9. 神祕兮兮：教師可舉例當要替某人慶生或有人要求婚時，會因為想給對方驚喜而神祕兮兮的。

│個案分析│

　　教師可以泛讀或以聽力方式，先進行個案分析的課前提問。例如可引導提問：

1. 為什麼小嫻的氣色不好？

2. 為什麼小嫻的心情不好？

3. 亞維支持小嫻跳槽嗎？

│課室活動│

　　讓學生試著理解這則廣告，再分別請學生簡單地介紹這個廣告及三位應徵者，例如工作內容、徵才條件、工作性質、月休幾日、薪水多少、如何聯絡、畢業科系、離職原因等。

📖 詞彙補充說明

1. 人往高處爬：【用法】為實現自己的理想而努力向上。教師可先補充說明課名「人往高處爬」的下一句為「水往低處流」。

2. 設計師：【搭配】「髮型設計師」、「室內設計師」、「服裝設計師」。

3. 栽培：【用法】先就字面分別解釋「栽」與「培」，告知栽培原本用於種植培養的意思，但現也可用於教育或照顧人才。

4. 外包：【用法】讓外面的公司來負責做。【使用情境】一些公司（或員工）除了自己固定的生意外，為了多增加收入，會接一些外面的工作來做，另外可開啟網頁給學生看 104 外包網或是 518 外包網有很多機會。

5. 保守：【搭配】「思想保守」、「穿著保守」。老師還可問學生在購買飲料時，若看到架上有新產品是否會嘗試、點菜時是否總是點同樣菜色等，利用這些問題補充「口味保守」的用法。

6. 數位化：【用法】「數位」在中國的說法為「數碼」。另外教師可問學生現在哪些產品已數位化。【搭配】「數位相機」、「數位電視」等詞。

7. 罷手：【用法】「罷」有停止、廢除的意思，也可補充「罷了」、「罷免」、「罷工」、「欲罷不能」等詞。

8. 攬：【搭配】「攬在身上」、「攬人才」、「攬生意」。

9. 發揮：【用法】將能力表現出來。【搭配】「發揮想像力」、「發揮創意」。

10. 座右銘：【用法】一句可時常提醒自己行為的話。【例】愛迪生－天才是百分之一的靈感，加上百分之九十九的汗水。

11. 番：【用法】量詞，【例】一番事業、功夫、好意、苦心、談話、道理等。

12. 外商：一般是指外商公司，外國商人投資設立的公司。例如對台灣來說，第一種是總公司為登記在海外的公司，而在台灣設立的子公司，第二種是公司登記設立的資本額中，有外國公司出資 50% 以上，或經營權由外國公司所控制，以上都算是外商。

重要語言點解說

・「你這麼優秀，有豐富的工作資歷，好的人才要有好的舞臺才是。」：本句中的「……才是」是較口語的表達用法，放於句尾。【例】你還是學生，年紀還那麼輕，不要花太多時間在交女朋友上，應該要把注意力放在課業上才是。

參 練習解答

課前準備-聽力練習 1

1.F　2.T　3.T　4.F　5.T

回答問題：請根據對話 1，回答下面問題

1. 小嫻為什麼認為她的公司沒有前景？

　　答：因為傳統的出版公司幾乎已經快倒光了，而且她們老闆的觀念還那麼保守，沒
　　　　考量現實環境。

2. 小嫻最後以什麼說法來讓談話不再繼續？

　　答：換工作是一件大事，她需要跟先生商量一下再決定。

3. 小嫻現在的工作情況怎麼樣？

　　答：工作量大，常加班到天亮。

4. 小嫻的顧慮是什麼？

　　答：工作地點太遠，不放心家人。

5. 雅莉用哪些條件來說服小嫻？

　　答：薪水（每個月六千美金起薪）、工作量（只有現在的三分之一）、移民（到了美
　　　　國以後，最快四個月，最慢八個月就可以拿到綠卡；工作滿一年以後，就能幫家
　　　　人辦移民）、出版業發展趨勢（傳統出版業已經走入黃昏）、職場的發展（帶領
　　　　一個新的團隊）。

語言點 1 練習題（參考答案）

1. 比起…，（B）可是只有A的X分之Y喔！

　Q：你的家人想在市中心租店面做生意，但是市中心的租金比你家附近的高兩倍，你會怎麼
　　　跟家人說？

　A：市中心雖然顧客比較多，但比起店面租金，我們家附近的（店面）可是只有市中心的二
　　　分之一喔！

　（1）你正在跟一間咖啡廳老闆推銷你的咖啡豆，跟他目前使用的「奇香」咖啡豆比，你
　　　　的價格便宜三成，你怎麼說服他？

你考慮換我們公司的咖啡豆吧！比起你們目前的「奇香」咖啡豆，我們家的（價格）可是只有他們的百分之七十喔！

(2) 那家店因週年慶，商品全面打七折，你怎麼跟朋友說，要他把握機會，趁現在多買一些？

那家店因週年慶，商品全面打七折，算一算，比起平時，（價錢）可是只有平常的三分之二，你一定要趁現在多買一些喔！

(3) 你的朋友想在台北買房子，你知道在台北買一棟房子可以在台南買三間，你會怎麼跟他說？

你怎麼不在台南買呢？比起台北的房價，（台南的）可是只有台北的三分之一喔！

2. …只不過是…，可別為了…，不值得呀！

Q：你看到同事每天都在公司加班到很晚才回家。你可以給他什麼建議？

A：你女兒不是才一歲嗎？你應該多陪她。我們現在只不過是在一家小公司，可別為了這麼一點薪水錯過了孩子的成長，不值得呀！

(1) 送贈品是百貨公司的促銷手法。你怎麼跟朋友說，千萬別因此買太多東西？

送贈品只不過是百貨公司的促銷手法。你可別為了這點小便宜而買太多東西，不值得呀！

(2) 心怡的辦公桌就在雅婷的旁邊，上個月她們為了一件小事吵架，到現在兩人都不說話，若你是主管，可以怎麼跟她們說？

那只不過是小事，可別為了那件小事和同事打壞關係，不值得呀！

(3) 餐廳老闆為了想做更多的生意而打算在大門口外面多擺些桌子，但老闆娘認為若是被警察開罰單不值得，她可以怎麼跟先生說？

多擺兩張桌子只不過是多賺一點，可別為了想賺這一點而被警察開罰單，不值得呀！

3. 眼看…，而…卻…

越來越多飲料店開在李先生的奶茶店附近，李先生心裡很擔心，但也不知道怎麼辦。這種情況可以怎麼說？

→眼看越來越多飲料店開在附近，而自己卻什麼辦法也沒有，真擔心客人都跑了。

(1) 再半個小時就是下班的時間，但工作還沒做完。這種情況可以怎麼說？

眼看下班時間就要到了，而我的工作還沒做完，看來得加班了。

(2) 又快到了要繳店租的日子了，但餐廳生意一直很差，讓王老闆很緊張。這種情況可

以怎麼說？

眼看又要繳店租了，而餐廳生意卻一直很差，讓他很緊張。

(3) 天快要亮了，可是林傳文還醒著，睡不著。這種情況可以怎麼說？

眼看要天亮了，而他卻還沒睡著。

課前準備-聽力練習 2

1. T　2. F　3. F　4. T　5. F

回答問題：請根據對話 2，回答下面問題

1. 志龍怎麼形容他自己個人最大的特色？

答：對事要求完美，事情沒做到令人滿意的結果就不會罷手。

2. 志龍最大的缺點是什麼？

答：他是個沒什麼耐心的人，有時下屬沒把事做好，就會將責任攬在自己身上，獨自解決。

3. 上個工作，志龍為什麼離職？

答：由於市場形勢改變，公司營運情形每況愈下，大家人心惶惶。他也只好重新找尋能發揮能力的舞台。

4. 和其他競爭者相比，志龍哪裡比別人好？

答：他所掌握的技能和高度的責任感。也可以由他過去的工作表現所呈現的客觀數據，看出他全力以赴的工作態度以及帶領團隊的能力。

5. 關於薪水的要求，志龍怎麼回答？如果是你，你想怎麼回答？

答：他說在試用期間的薪資照公司規定。接下來可以一起討論部門未來經營的方向，訂定應達成的目標以及應得的報酬，等表現出本事，再按照達成率調薪。（第二個問題，學生自由發揮）

語言點 2 練習題（參考答案）

1. 由於…，…只好…

　　Q：因工廠來不及出貨，請通知客人，並說明理由。

　　A：<u>親愛的客戶您好，由於工廠來不及出貨，本公司只好將送貨日期延後一個星期，很抱歉造成您的不便。</u>

　　⑴ 新的公司離住家有一段距離，怎麼辦呢？

　　　<u>由於新的公司離住家有一段距離，只好跟太太商量，準備搬家。</u>

　　⑵ 想像你新開一家餐廳，但附近的鄰居抗議味道太重、聲音太吵……，你能如何處理呢？

　　　<u>由於附近的鄰居抗議味道太重、聲音太吵，只好多花錢加裝除味和隔音的設備。</u>

　　⑶ 學生成績太差或多次不寫功課，遇到這樣的情形老師會怎麼做呢？

　　　<u>由於學生成績太差或多次不寫功課，老師只好直接跟家長反應。</u>

2. 首先…，接下來…，主要目標是…

　　Q：如果有人在你的餐廳附近新開了一家餐廳，你可以怎麼做才不會受到影響？

　　A：<u>首先可以打折扣戰，接下來再進行送小菜的活動，主要目標是穩定客人的數量。</u>

　　⑴ 你剛進入一個大賣場工作，你該怎麼盡快熟悉這個工作？

　　　<u>首先先請教同事，接下來把近期工作相關的概況報告看過一遍，主要的目標是在一個月內趕快熟悉這個工作。</u>

　　⑵ 如果你是麵包店老闆，你會怎麼做來增加客人的購買慾呢？

　　　<u>首先我會請有名的麵包師傅來我的店工作，接下來提供試吃，主要的目標是能提高百分之十以上的營業額。</u>

　　⑶ 如果你是一名業務員（汽車、保險…），已經一連三個月業績不好了，有什麼好方法可以提升業績呢？

　　　<u>首先我會請教同行的朋友，請他們老實告訴我我的缺點，接下來根據他們的建議進行銷售，主要的目標是能在兩個月內明顯讓老闆看出我的業績已經提升了。</u>

▤ 個案分析（參考答案）

1. 你同意亞維的意見嗎？你認為小嫻應該跳槽的理由是什麼？
    答：⑴ 在公司三年多，工作內容一成不變。
    　　⑵ 目前的公司沒有升遷的機會。

2. 除了這個個案以外，你想還有什麼情況也會讓人跳槽？
    答：⑴ 公司管理制度不好。
    　　⑵ 薪水不調漲。

3. 你認為小嫻跳槽後可能面臨的風險是什麼？
    答：沒有一份工作是完美的，下一個工作不一定會更好。

▤ 課室活動（參考答案）

‧ 如果我是主管，我會挑選 3 號凱莉來面試。因為她符合了所有的徵才條件，不但擁有所需的技能，還有兩年以上的相關工作經驗，還會日文。

▤ 學生作業簿

｜一、請聽錄音，試著判斷下面敘述的正確性。對的寫 T；錯的寫 F。｜

1. F　　2. F　　3. T　　4. F　　5. T

｜聽力文本｜

1.

男：你看你常趕稿熬夜，難怪氣色越來越差。聽說小李的出版社最近有個主管的職缺，你要不要去試試？換個工作，可別為了工作傷了身體。

女：的確做得有點累，但設計師的工作就是這樣，一趕起稿來幾乎都得熬夜，換到哪間都差不多。再說目前老闆非常器重我，我實在不好意思離開。

2.

男：你最近怎麼看起來心情很差的樣子？怎麼了嗎？說來聽聽吧！

女：半年前我的公司由於出版業不景氣的緣故倒閉了。現在我眼看就要 40 歲了，卻到現在還找不到工作。

3.

　　男：我今早面試的那家外商公司制度健全，薪水是上個公司的三倍多。老闆還說表現好很快就能升我當主管。不過得外派到泰國去幾年，我對要去陌生的地方工作感到有點不安。

　　女：趁年輕去國外多看看是好事，再說外商的薪資福利通常比較好也是真的。但老闆當初承諾的，事後可能有落差，可得理性點想想，別被沖昏了頭。

4.

　　男：我會來投履歷是因 貴公司是業界中大家夢寐以求的，而且我十分欣賞貴公司董事長做事要求完美的理念與態度。

　　女：看來你對我們公司還做了些功課，顯示你不是亂槍打鳥地寄履歷。上次面試，人力資源部主任就對你讚不絕口，他提到你對未來出版產業以及市場的看法，令人印象深刻。

5.

　　男：找你的那間公司那麼有名氣，感覺老闆也很賞識你，是我馬上就跳槽了，你在猶豫什麼呀？

　　女：的確由於市場改變，我們公司營運情形每況愈下，大家人心惶惶。但如果到了新公司不適應，年資又被重新算過，那就太不值得了。

二、看提示造詞

1. 獵人頭

2. 罷手

3. 迅速

4. 食譜

5. 十分

6. 猶豫

三、找出相反詞

1. e　　2. c　　3. b　　4. a　　5. d

四、選擇適當的詞填入句中

1. A　2. A　3. B　4. C　5. C

五、請將框框中的詞語填入下面的句中，填入代號 a-i 即可

1. d 座右銘、c 失敗

2. g 誘人、a 昏頭

3. i 空降、b 克服

4. e 設計師、h 名氣

5. f 埋頭

六、看圖猜成語

1. 賠了夫人又折兵

2. 獅子大開口

3. 每況愈下

4. 亂槍打鳥

5. 夢寐以求

七、改寫句子

1. 我們明天還是坐高鐵去臺南開會吧！雖然坐高鐵比較貴，但是<u>比起坐火車，坐高鐵的時間可是只有坐火車的三分之一</u>喔！

2. 那恐怖電影只不過是內容太誇張，你<u>可別</u>為了電影每天都要開著燈睡覺，<u>不值得呀</u>！

3. <u>眼看</u>火車要開了，<u>而</u>大家<u>卻</u>都還沒到，害得小文非常急。

4. <u>由於</u>突然停電，什麼事都做不了，老闆<u>只好</u>讓大家提早下班了。

5. 說到賺錢，<u>首先</u>我想增加每個月的收入，<u>接下來</u>投資股票，<u>主要目標是</u>房子租給別人，自己當房東賺房租。

肆 教學補充資源

⊙ 成語小故事：伯樂相馬

伯樂是個相馬師，他很會分辨馬的好壞。一次，他被皇帝要求尋找一匹好馬。他四處尋找，卻在路邊看到一匹馬被人用來拉車。當他買下這匹馬，帶去給黃帝時，大家都笑說那只是一匹瘦馬，他回答：「牠只是長期沒受到好的照顧，給我一個月的時間。」過了一個月，他帶出來的馬令大家眼睛發亮，皇帝一騎上去一下子就跑了千里，說：「果然是天下最好的馬。」

後來，人們常用「伯樂」比喻成具有賞識人才的眼力的人，而把有用的人才比做千里馬。

例：千里馬也需要伯樂！獵人頭公司就是今日的伯樂，負責替一些公司尋找優秀人才。

⊙ 電影推薦 1：挪威電影《獵頭遊戲》http://technews.tw/2013/10/21/hunter-movie/

⊙ 電影推薦 2：挖人行動 https://baike.baidu.com/item/挖人行動

⊙ 新聞影片推薦 1：台灣「機師荒」高薪挖角年出走逾百位 https://www.youtube.com/watch?v=VLfRu95Zn84

⊙ 新聞影片推薦 2：星挖角醫護！畢業 10 萬月薪　誘出走 https://www.youtube.com/watch?v=CQHBBUZWRgM

⊙ 新聞影片推薦 3：500 萬年薪「獵人頭」！華為挖角宏達電 https://www.youtube.com/watch?v=J-xQwufUVcw

⊙ 新聞影片推薦 4：搶人！年薪 1500 萬　陸重金挖台籍教授 https://www.youtube.com/watch?v=fP8N6WmWq2g

Linking Chinese

各行各業說中文 1 教師手冊

策　　劃　國立臺灣師範大學國語教學中心
顧　　問　周德瑋、紀月娥、高端訓、許書瑋、
　　　　　游森楨
審　　查　陳麗宇、彭妮絲、葉德明
總 編 輯　張莉萍
編寫教師　何沐容、孫淑儀、黃桂英、劉殿敏
執行編輯　劉怡棻、蔡如珮
英文翻譯　范大龍
校　　對　陳昱蓉、張雯雯、蔡如珮、劉怡棻、
　　　　　廖倚萱

排　　版　菩薩蠻
封面設計　Anzo Design Co.

出 版 者　聯經出版事業股份有限公司
發 行 人　林載爵
社　　長　羅國俊
總 經 理　陳芝宇
總 編 輯　胡金倫
編輯主任　陳逸華
叢書主編　李　芃
地　　址　新北市汐止區大同路一段 369 號 1 樓
聯絡電話　(02)8692-5588 轉 5317
郵政劃撥　帳戶第 0100559-3 號
郵撥電話　(02)23620308
印 刷 者　文聯彩色製版印刷有限公司

2019 年 1 月初版
版權所有　‧　翻印必究
Printed in Taiwan.
ISBN　　　978-957-08-5209-7 (平裝)
GPN　　　1010800074
定　　價　400 元

著作財產權人　國立臺灣師範大學
地址：臺北市和平東路一段 162 號
電話：886-2-7734-5130
網址：http://mtc.ntnu.edu.tw/
E-mail：mtcbook613@gmail.com

國家圖書館出版品預行編目資料

各行各業說中文 1 教師手冊／國立臺灣師範大學
國語教學中心策劃．張莉萍主編．何沐容等編寫．初版．新北市．
聯經．2019年1月（民107年）．120面．
21×28公分（Linking Chiese）
ISBN　978-957-08-5209-7（平裝）

1.漢語　2.讀本

802.86　　　　　　　　　　　　　　　　107018752